るすばん先生はたいへんです

都道府県名おぼえ歌

中村つや子

文芸社

るすばん先生はたいへんです　—都道府県名おぼえ歌—

目　次

るすばん先生はたいへんです

―都道府県名おぼえ歌―

第一章　るすばん先生になって

○クラスの問題児

「えーと、次は春山春男君！　いますか？」

「ええっ？　何？」

ここは、K区のH小学校の四年一組の教室。私が、『るすばん先生』として担任することになったクラスだ。今日はその最初の日。

出席簿を見ながら半分ぐらいまで名前を呼んだところだった。

「ええっ、先生、それ僕のこと？　僕、花山ですけど、春山じゃありません！」

「あ、ほんとだ。ごめんなさいね。語呂がいいもんだから、つい、言っちゃって……」

ウフフフ……と教室のどこかでしのび笑いがする。

「ねええ、みなさん！　春山春男君って言うと、ちょっと楽しいよね。他に夏山夏子さんとか秋山秋男君なんていませんか？」

アハハハ……

「いない、いないよ！　ハハハ……」

「僕、花山です。春山春男なんて幼稚園じゃあるまいし」

「アー、あの『いやいやえん』ですね」

「そうそう、アーハッハッハ……」

こらえていた笑いが教室中に起こった。

「アー、アレ、面白いよね」

「やあ、石田！　お前、石田石男にしよう！」

「お前は鬼沢鬼男だぞ！　アーハハハ……」

教室中が大騒ぎになった。

「先生！　先生は、中村中子だよ！」

「それがいい、それがいい！」

勝手にみんなが盛り上がっている。

「うんうん、ありがとう、いいねえ」

私も一緒になって言い合った。この子たちは意外と素直に乗ってきてくれるんだなあ……よし！　がんばるぞ〜。私も気合いが入った。

「今日から君たちのクラスを受け持つことになった中村中子です。よろしくね」

アー、ハハハ……

みんな笑った。楽しいクラスにしてやりたいなと思う。

私は、六十一歳。定年退職をして、K区のH小学校に嘱託として勤めていた。二十三歳で教員になってからなんと、三十九年も経っている。

定年で退職したら、それこそ毎日が日曜日で、好きなことをやりたい放題だったのだ。が、しかし、教員の定年制が六十三歳から六十歳に引き下げられたとき、嘱託教員採用を組合で勝ち取ることができた。それで、私はぜひ嘱託をやりたいと思っていたのだ。

私は、嘱託の教員として、H小学校に一週間に四日だけ勤めていた。嘱託は学級担任をしなくてよいので、のん気でいいと思っていたが、そうでもなかった。

勤めた年の二学期の終わりごろ、四年一組の先生が病気のため欠勤が多くなり、よく代わりに四年一組に補教として授業をしに行っていた。

嘱託という仕事は、家庭科とか音楽、図工など専科の授業を担当するほかに、いざというときのため、時間講師の仕事もやるようにと言われていた。このままだと、私が時間講師の『るすばん先生』をやることになるかもしれないと、ひそかに覚悟をしていた。が、やはりそうなった。

年が明けて三学期になると、四年一組の先生は本格的に病気欠勤になった。そして私が四年一組の『るすばん先生』を校長先生から言い渡された。週四日だった出勤日は五日になったが、給料は増えない。労働オーバーだけど仕方がないと私は思う。『るすばん先生』の私には悩みがあった。それは、四年一組の花山春男君をどう指導していくのかということだった。

花山君は朝礼のときに、ときどき、勝手に列を離れて、奇声を上げたり大声でなにか叫びながら、ほかの学年のほうまで歩き回るのだ。そのつど、先生たちが走りまわって押さえていた。あんなに騒ぐ子はめったにいない。全校一の問題児だ。あの子のいるクラスは、さぞかしたいへんだろうなと前から思っていたのだ。

今まで補教に来たときは、花山君は教室では、そんなに目立って出歩くこともなかったけれど、どんな子なのだろう。うまく私の手でおさめられればいいが……。

「間違えないでよね。先生！」

　文句を言いながらも、花山君の目が笑っているようだ。口元も少し横に広がっていて、笑っているように見える。花山君は、どうやら私のペースにはまってくれたらしい。クラスのみんなが大笑いしてくれたのが良かったようだ。

「そうだったね。ごめんなさい。これから気をつけます。花山君！」

　素直に「ごめんなさい」の言えるクラスにしたい。そういうとき、わざと先生が間違える場面をつくって、素直に謝る姿を見せておく。これが自然に子どもたちの頭に残ることを私は期待した。

○教えようと思うこと

四年一組を担任するにあたって、私はいくつかのことを決めていた。

　第一は、この子たちが四年を終わるまでに何をしなければならないかを、よく理解させることである。四年生は一組と二組の二クラスしかない。五年に進級するときに組替えをする。だから、四年の勉強を終わらせておかないと、自分たちが困るのだ。

第二はやっぱり花山春男君のことを、なんとかしなければならない。そのためには、全校集会や朝礼のときにそばにいて、花山君が出歩かないように、しっかり見張っているしかない。


子どもたちが「自分が困るからやるんだ」と自発的にやる意欲が出てくることを願いながら、深呼吸をして四年一組のみんなに言った。

「みなさんは、五年になったら組替えをするよね。二クラスしかないから、一組から来た人と、二組から来た人と半分ずつだね」

「うん、そうだけど」

「そのとき一組から来た人は四年のときの先生が病気だったから、ここも、あそこもやってないと言って、四年の勉強をやり直すのはたいへんだよね。もしかしたら、五年担任の先生は、そういうことに気がつかないかもしれない。勉強は積み重ねが多いから、前のことが分かっていないと、よく理解できないね。困るのは君たちなんだよ」

「ふーん、そうなんだ……」

みんながうなずくのを見て、けっこう分かってくれているようだと、私は少し安心した。

「そこで調べてみたら、二学期から勉強していないところがあるので、短い時間でなんとか二学期からの勉強もやるから、みんな我慢して私と一緒にやってもらいたいんです」

「ふーん？」

「そうなんだ」

子どもたちは、しかめ面をした。だが、すぐにカタカタと音がして、子どもたちが鉛筆入れや教科書を出して机の上に並べ始めた。どうやら、これはたいへんなのだということを感じ始めたようだ。

今までの私の経験では、学校の勉強は、四年から一段と飛躍すると私は思っている。基礎力の上に思考力を働かせる学習が多くなるのだ。学問的に高度になり、奥も深くなる。四年生という時期は、発達段階の一つの節目だ。その大切な時期を無駄に過ごさせてはいけない。勉強が分からなくなるのは困ることなのだ。私の責任も重い。

私は、咳ばらいをした。

「では、一番初めに席替えをします！」

「ええっ！　どうして？」

「うーん、きまりはないけど、新しい気持ちでやろうかと思ってね」

席替えにはいろいろやり方がある。いろいろな効果も期待できる。

クラス全体の班の構成によっては、成績のよさそうな子とか積極的な子とかを、各班にうまく均等に配置する。すると、クラス全体を盛り上げることができる。また、授業中うるさい子同士を引き離して、静かにさせて、クラスの欠点をカバーすることもできる。

私は、花山君をちゃんと席に落ち着かせておくことを第一に考え、隣にすわる女の子は花山君の好きな子にすることにした。そして花山君の席は、一番前の右か左にする。花山君が席を離れたりしたら、すかさず、こう言おう。

「言うことが聞けないんでは、私のすぐ隣の席に移ってもらいますよ。来てください」

すると、

「すみません。もう出歩きません。あの、気をつけますから、勘弁してください」

と、なること請け合いなのだ。でも、すぐにはやらない。毎日好きな女の子といっしょにいる楽しさを、十分味わわせてからにしよう。

私は花山君が「勘弁してください」なんて頭をさげる場面を想像してニンマリした。

そのほかには、授業中、花山君にちょっかいを出されても、軽くあしらえる子を周りに配置するのがいいのだ。

こんな小細工はしたくないという先生方は多いと思うけれど、今の私はできるだけ授業中、もめ事を起こしてほしくなかったのだ。

よーく見ていると、どうやら花山君は中川さんを好ましく思っているようだと私はにらんだ。この中川さんに、第一の白羽の矢が立った。

次に、周りに配置する子は、正義感の強そうな子にした。

「ええーっ、席は先生が決めたの？」

「そうよ。ごちゃごちゃ言って時間を取っている暇《ひま》がないのよ。あなたたちはやることがいっぱいあるんだから」

「前の先生は、好きな子同士にしてくれたのに、どうしてだめなの？」

「うーん、その気持ち分かるんだけれど、好きな子同士だと、おしゃべりが多いんですよね。そうすると授業が遅《おく》れる。二学期の勉強もしようというとき、授業が遅れていいかな」

「そりゃあ、よくないけど」

「そうでしょ。あなただけの問題じゃなくてクラス全体のことだから、すぐ終わらせようね」

「しょうがないか」

なんとか納得したようだったので、座席表を見せて席を移動させ、席替えを終えた。


こうして、四年一組は授業が始まった。それもプリントによる授業なのだった。ノートに書かせる時間がないので、あらかじめ私が大切なことをプリントに書いておき、問題を作っておく。子どもたちは教科書を見ながら答えを書き込んでいく。

これはなかなかよろしい。子どもたちは何回も教科書を読まないと答えに到達しないので、繰り返し読んでいる。そうすると、よく理解していくように思われるのだ。


子どもたちとあれこれもめながら、ようやく長い一日が終わった。四年一組担任最初の日は疲れるだろうと思っていたが、意外なことに、興奮が続いていて疲れを感じなかった。

学校から家までは自転車で二十分。この行き帰りが私の考える時間だ。自転車に乗るとほっとする。今日はよくがんばったなあ。

私はいつでも子どもたちの幸せを願ってきた。子どもにはそれぞれ望む幸せの形があり、他人から見ればおかしいと思われたっていい。全部の子が自分の望む幸せを手に入れてほしいと願っている。しかし、現実には、全部の子が幸せを手に入れられるかどうかは分からない。

子どもたちが望んでいるのが本当の幸せかどうかも分からないが、少しでも幸せになれる可能性に近づくように、みんなに努力させたいと思ってきた。四年一組のみんなにも努力してもらいたいとつくづく思ったのだった。

○泣きたい気分

なんだかんだとやっているうちに、週一回の全校朝礼の日が来た。たいてい、月曜日の一時間目の最初が使われる。校長先生の話や今週の努力目標や注意などがある。今日は、校庭で校長先生が、

「麻薬は、決して使ってはいけない」

と話していた。私は、四年一組の列の前に立って、小さい順に並んでいる子どもたちを眺めていた。花山君は背が高いから後ろのほうに並んでいるはず……と後ろのほうに目を移したら、突然、花山君の手が挙がった。なにか言ってる。私はバネ仕掛けのように列の後ろに走った。

「中村先生！　花山君が！」

子どもが叫んでいる。花山君は突進して来る私を見て、さっと横に向きを変え、低学年の列のほうへすばやく走って行った。たまたま後ろのほうにいた低学年の先生が花山君を追ったので、花山君は今度は前のほうへ向きを変えて走った。

「花山君！　待って！」

私は大声で呼びながら、後悔した。花山君のそばに立っていて、すぐにつかまえればよかったのに……。

前のほうには先生がたくさんいたので、花山君はすぐつかまった。私が駆けつけると六年の担任の先生が、

「またかよ！　花山！　みんなに迷惑だろ！」

と強く注意してくれた。

「うぇい！」

と叫んだ花山君は、腕を振り上げて、

「むむ、そんなこと言ってるんじゃねえんだよ！」

と大声でどなっている。

「花山君！　こっちに来て！」

私は、花山君の腕をつかんで、玄関の昇降口に引っ張って行った。ここなら全校の子どもたちに見えない。私は、もう泣きたい気分だ。図工の専科の先生が走って来てくれた。そう言えばこれまでも、音楽や図工の専科の先生が面倒を見ていてくれたのだった。全校の子どもたちは、また、例の変な子が騒いでいると思っているようだった。

「いいかげんなこと言ってるんじゃねえって言ってんだよ！」

花山君は何かをわめいていた。私は花山君を階段のところに座らせながら、花山君の口元に人差し指を押し当てて、シーッと言った。そして、図工の先生にお礼を言った。

「ありがとうございます。あとは私が事情を聞いてみますから」

「ええ、クラスの子は私が見とくから、心配しないでね。こういうときは、いつも花山君は教室の自分の席に座ってってねって言ってたのよ」

「そうだったんですか」

図工の先生の言葉に、私はほっとした。でも、これからどうしたらいいのだろう。花山君は理解力が弱くて、人の話が分からないのかな？　なんとか、なだめて静かにさせるしかないのかな？　と、私はめまぐるしく頭を回転させていた。

しかし、とりあえず花山君が何を言っているのか、聞いてみなければならない。

「花山君は何が言いたいの？」

「麻薬使うなって言ったってさ、子どもには分かんねえよ」

「うん」

え！　この子はまともなことを言っているではないか！　私はびっくりした。

「使うなって言うより、だめなら大人が作らなきゃいいのにさ」

「うーん、春山君の言うとおりだよ」

「あっ、僕、花山だよ。先生、間違えちゃだめだよ」

「ああっ、そうだった。ごめん、ごめん、ハハハ……確かに使わせたくなかったら作らないほうがいいけどね。ところで、花山君は、モルヒネって知ってる？」

「ううん」

「モルヒネは麻薬だけど、すごい痛み止めの薬なのよ。がんの末期の患者さんが全身が痛いとき、モルヒネの注射打って痛みを取るのよ。ものすごくよく効くのよ」

「へえ、そうなの？」

「知らなかったよね。むずかしい薬だもの」

話しているうちに全校朝礼が終わったらしい。子どもたちが玄関に来る様子なので、私は花山君を玄関の裏に連れて行った。

「モルヒネはお医者さんしか使っちゃいけないのよ」

「ふーん」

「昔の王様は奴隷を働かせるとき、奴隷が疲れてくると麻薬を飲ませて疲れを取って、こき使ったんだってよ」

「ええ！　そうなんですか」

花山君ってむずかしい話も分かりそうだと私は思った。

「六年生になると、歴史をやるから麻薬のことも分かるよ。中学に行って世界史をやれば、中国のアヘン戦争のことを勉強するから、麻薬について、もっといろいろなことが分かるようになると思うけど……」

「使いすぎて中毒になると止められなくて、しまいには、脳みそが溶けてだめになっちゃうって、校長先生が言ってたけど、本当ですか？」

「うん、本当よ。だから規則があってね、勝手には作れないし、使えないの」

「でもこっそり売っている人いるんだよね」

「そうなの。よくテレビで麻薬捜査官なんてやってるでしょ。取り締まっているのよ」

「そうなんですか？」

「ねえ、花山君って実は、よく分かっているんじゃないの。私、花山君はよく分からない子かと思って、心配して損しちゃった」

「ええ！　そんなー」

「もう今日みたいに、わめいたり出歩いたりしないのよ。分かった？　すぐ教室に行くわよ」

私は花山君をせかして教室へ向かった。

「さあ、今日も、しっかり五時間分やんなくっちゃ！　だもんね」

私は花山君のことを気にしながら、よく見ていた。中川さんと楽しそうに話しているではないか！　私の心配をよそに。

そんなある日。教室の掃除は、私が一人でササッと掃くことで、すませられることを発見。掃除にあてていた二十分を、プリント学習にあてることにした。

ところが、

「先生、私たち図書室の掃除当番なんだけど、図書室係の先生から『四年一組は掃除やってくれないのね』って言われちゃったよ」

という事態になってしまった。これは困ったことになった。専科授業の教室や体育館などは主に高学年が掃除を受け持っていたのだ。

「どうしたらいいだろう？　ねえ、春山君」

「先生、また間違えてる！　僕は花山！」

「ああ、そうだった、そうだった。ごめんね、花山君！」

「もう！　間違えないでよ！」

口をとがらせているけれど、花山君の目が笑っている。可愛い顔になっているのだ。間違えないでと言っているけれど「間違ってもいいから、僕の名前また言って。僕のほうをもっと見て！」と、目が言っている。私は思わずうなずいてしまった。

「僕さ、漢字ドリルなら家でできるから、掃除しに行ってもいいよ」

と、花山君が言い出した。

「僕もできるよ」

「私も」

「漢字ドリルの新出漢字は、どうしても先生がみんなに教えないとならないけれど、僕、自分で家でやってくるよ」

「そうだよ。書き順とか振り仮名とかは自分でやれる人いるよ」

図書室の掃除当番に行けばいいよ」

と意見が出て来たのだ。私は、こういう意見を出してくれた子どもたちに大げさに感謝した。

「そうだねえ。そういうことができるね。ありがとう。こんないい子たちに巡り合って私は、なんて幸せなんだろう。ありがとうね。これで私も責任が果たせる。ありがとう、ありがとう」

みんなは、ちょっとびっくりした様子だ。こんなに先生が感激してほめてくれるとは……と。もっとうれしいことには、

「私もやる」

「僕もやる」

と、盛り上がって、図書室の掃除当番が倍の人数になったり、

「家でドリルやってくる！」

と勉強の意欲が出てきたことだった。

翌日、ちょっと誇らしそうに、図書室の掃除に行く子どもたちのうれしそうな声……片や、ドリルとプリントを机の上に置き、掃除に行く子どもたちをチラッと見る子どもたちの目……羨ましそうに見ていたその子は、もちろん翌日、掃除当番組に入っていたのは言うまでもない。

しかし、掃除当番は毎日やってくるのに、ドリルの新出漢字学習はたくさんはなかった。それで、自分で勉強するところがなくなり、掃除当番に行ける子がいなくなったのだ。行き詰まった私は、図書室係の先生にお願いして、週二回の図書室掃除にしてもらった。これで週二回は、以前と同じように全員で掃除をすることになったが、残りの週三回は、また全員プリント学習として確保することができた。

せっかく勉強の意欲が出てきていた何人かの子に対して、すまない気持ちでいっぱい

だったので、その子どもたちでも取り組める、社会科の地図描き写しなどを必死に探した。

すると、

「俺たちさ、今日は時間割だと五時間しかないのにね、朝プリントと昼プリントやるだろ、全部で七時間やった気がするよ」

と、ぼやかれるのだった。しかし、

「そうしないと、五年になって困るのはだれ？」

すぐ意地悪く聞くのは私。

「そりゃあ僕たちに決まってるけどさ」

と、いやそうに言う子もいれば、

「そうだよ。困るのは僕たちだよ。だから中子先生が苦労してるって、僕んちのお父さん言ってたよ」

と言ってくれたのは、青山君であった。

○花山君って、すごい！

忙しくしていると、すぐ一週間は過ぎてしまう。再び、月曜日が来て校庭での全校朝礼の時間だ。私は花山君に出歩かないようによく注意しておいたし、周りの子どもたちにも、花山君をつかんで押さえてくれるように頼んでおいた。もちろん、自分もそばにいるつもりだった。ところが、こういうときに限って、何か起こることが多いのが学校という所なのだ。四年一組が並んでいる列の、前のほうの女の子が座り込んで、お腹が痛いと言っている。私は花山君から離れて、大急ぎで女の子を保健室に連れて行った。

校長先生がポスターを見せながら『納税の話』をしていた。

「税金はきちんと納めましょう」

と話しているのが、私の耳に聞こえていた。保健の先生もすぐ来てくれた。

「大丈夫でしょうか？」

「あ、熱があるわね。風邪ひいてると思うわ」

「風邪ですか？」

「ええ、ふつうは風邪のとき、頭が痛くなるんだけど、子どもによっては、お腹が痛くなるのよ。親と連絡とっておくから、この子のカバン、ここへ持って来ておいてください」

「はい、よろしくお願いします」

保健室はほとんどの学校で校庭に面していて、出入り口も校庭側にあって、すぐ校庭に出られるようになっている。出入り口のガラスのドア越しに校庭を見ると、

「あっ！」

なんと、花山君がこぶしを挙げて走っているではないか！　しまった！

飛び出してよく見ると、クラスの男の子たちが、

「コラ！　花山」

「出歩くな！」

と追いかけてつかまえてくれていた。

専科の先生もかけつけてくれた。私はまたまた泣きたい気分だった。

「花山君！　だめじゃないの……みんなありがとね。今日は教室へ行きます」

「花山！　中村先生はまだ慣れてないんだから心配かけちゃだめだろ！」

音楽の先生が強く言うと、

「違うって言ってるんだい！　税金のとり方が不公平だって言ってんだよ！」

「ええ？　なんだって？」

音楽の先生が目を丸くした。

「花山君は意外と真面目なんですよ。教室で話を聞いてみます」

私は花山君の腕をつかんで引っぱった。

「すみません。一組の子をお願いします」

私は全校の子どもたちのほうに向かって頭を下げてから、教室に向かった。

花山君は椅子《いす》にかしこまって座ると、知り合いのおじさんの話をしてくれた。

おじさんの家は外国のおもちゃを輸入して販売しているが、おもちゃを売って入ってきたお金は、全部『必要経費』ということにして、税金をぜんぜん払わないって、おじさんが自慢しているそうだ。

「へえぇー、おじさんの家は、税金がゼロなの？」

「そうだよ。おじさんが社長でおばさんが副社長だよ。おばさんはパソコンが上手で事務をやってるけど、あの家のおじいさんは理事長、おばあさんは副理事長だよ。二人とも仕事はしてない。でも給料はもらってるよ。大学と高校のお姉さんたちは社員なんだよ。この二人も仕事はしてないけど、給料はもらってるよ。それでね給料は『必要経費』だから四人の給料には税金がかからないんだってさ」

「ええー、そうなの？」

「うん、そうなんだよ。それにさ、よく家族で旅行に行くけれど、みんな研修旅行でさ。海外旅行だってそうなんだよ。税金掛かんないように領収書いっぱいつけるんだって言ってるよ。それからさ。毎週、会議費で使いましたって自分のうちの買い物も領収書つけて、『必要経費』にしてるって。先生、これ不公平じゃないの？　サラリーマンはごまかせないんだって言うから」

「よく知っているのねえ、感心した。よし、そういうギモンがあるなら校長先生に聞きに行こうね」

ちょうど、四年一組のみんながどやどやと帰って来た。

「いいかげんにしろよな、花山。一、二年生じゃあるまいし！」

花山君はみんなに何か言われて、口をとがらせ「うるせえ」などと言っていた。

私は二十分休みに、校長室へ花山君を連れて行った。

「校長先生に言いたいことがあるんだそうです。自分の意見を持ってるっていいことなんですけど、こぶしを振り上げて大声をあげるより、後で校長先生に話しに来たほうがいいから、今度から朝礼が終わったら校長先生の所に来ようと言い聞かせて連れて来ました。聞いてやってください」

私は花山君をあずけて、次の授業のプリントを作りに行った。朝自習やテストのプリントは作るだけでは終わらない。次々とプリントの丸付けがあって、時間がかかってしようがないのだ。

二十分休みが終わる前に校長室に行くと、もう花山君はいなかった。

「あ、中村先生、あの子は本当は頭が良すぎるのかもしれないね。話を聞いてやったら満足したらしい。今度から騒《さわ》がないで意見言いに来いよと言ったら、そうするって言ってた。たいへんだけど、三月いっぱいがんばってくださいよ。実は、四年一組の担任の金子先生だけどね」

「ええ、具合良くなったんですか」

「いや、全然なんだよ。どうも、もう、子どものことというか、教育のことに触《ふ》れたがらないんだね。それで、お見舞いに行くとか、手紙出すとかを遠慮してほしいって、旦那さんから連絡があったよ」

「そうですか。分かりました」

ちょっとさびしい気持ちがした。四年一組の担任の金子先生は、もう子どもたちのことは考えていないらしい。でも、先生は病気なんだから仕方がない……。

私は、その日も夜八時近くまで職員室で丸付けをしていた。四年一組の青山君が体育館にバスケットの練習に来ているのが分かっていたので、算数のプリントを渡しに行った。そこで、コーチで来ていた青山君のお父さんに会った。

「ああ、中村先生、青山です。いつも息子がお世話になってます」

「あ、こんばんは、おじゃましてすみません。ちょっと青山君に話したいことがありまして……」

「あ、どうぞどうぞ。ところで、先生、いつもこういうふうに遅くまで、仕事しているんですか?」

「ええ、いやあ、いつもは、こんなに遅くないんですけどね。今はやることがいっぱいあって、丸付けがなかなか終わらないもので」

「でも、もうこんな時間になってますよ」

「そうね、四年生が終わるまで引き受けちゃったから仕方ないんですね。これからまだ、もう一束、家で丸付けしなくちゃならなくて」

「ご苦労さまです。先生。体をこわさないでくださいよ」

「はい、ご心配ありがとうございます」

青山君のお父さんは、私が苦労していることをよく分かってくれていた。それで、青山君も私の苦労を分かっていたんだなあ、青山君ありがとう！　私は心から感謝した。


さて、なんとか勉強に打ち込んでもらう心づもりをしてもらっている間に、大きな発見があった。

花山君は、私が「春山君」と呼ぶと「花山です」と口をとがらせているけれど、やっぱり、目が笑っていて、にっこりした顔になった。でも、意外なことに、その花山君はテストの点は百点が多いということが分かったのだ。

「うーん、やっぱり、頭が良すぎるのだな」

花山君は、理解が早くて学校の勉強が面白くないのではないかと私は考えた。

その花山君はクラスのみんなから文句を言われていた。

「一年生だって整列して話を聞いているのにさ、四年生が出歩いて、なんだか訳の分かんないこと言ってさ、恥ずかしいよ」

「そうだよ！」

校長先生の所へ話しに行くこともいいが、もっと私にやってあげられることはないだろうか。どうも、花山君には何か心に陰《かげ》があって、不満があるように思われる。こういうときは、私たちが花山君を認めてやって、心を安定させてやることが一番いいと私は考えた。

そんなある日、

「先生、花山君が本の整理もするって言うので、図書室の掃除がまだ終わんないよ」

「ほかのみんなが待ってるのに、昼休みに遊べなくなっちゃうよ」

と言うので、とりあえず放課後話し合うことにして掃除は終わりにした。

朝自習と掃除の時間にプリントをやって、

「ああ、今日は五時間授業なのに、七時間もやった気がする！」

とぼやいている四年一組の子どもたちにとって、休み時間は貴重《きちょう》なのだと私は気の毒に思った。

さて、放課後の図書室。

「花山君、どういうことが問題なの？」

他の子どもたちは、面倒《めんどう》くさそうな顔をしている。

「ここの棚の本は、ちゃんと揃ってないから棚が汚《きたな》く見えるんだよ。本をアイウエオ順に並べるといいと思うんだけど」

「うーん、そうかあ、なるほどねえ」

私はすごく感心してしまった。

「すごいねえ。私もまったく花山君の言うとおりだと思う。花山君、いいところに気がついたね。すごい、すごいよ」

どうやら、ほかのみんなは、何がいいのか分からないが、なにやら花山君がほめられたことだけは分かったようで、驚いていた。

「そうだよね、花山君の言うとおりだよね、みんな」

「うーん、そうかな？」

「私もなにかこの棚は汚《きたな》いなと思っていたのよ。でも、どうして汚いのか考えてもみなかった。ましてや本をアイウエオ順に並べればいいなんてこと、思いつかなかったね。それなのに花山君が思いついたのは、すごいよ、ね、花山君！」

ほかの子どもたちはびっくりして、花山君の顔を見た。花山君は、フムフムとうなずいていた。

「私はいいアイデアだと思うね。よし、一度にやるのはたいへんだから『ア行』だけとか少しずつやろう。うん、実にいい考えだね。私も明日から手伝うから、みんなもやってね。すごいよ、花山君はアイデアマンだね」

他の子どもたちはけげんな顔をしたままだったが、花山君はうれしそうだった。

その日の帰り、私はぶつぶつつぶやきながら、自転車をこいで家へ向かった。

「うーん、授業時間が足りないなあ。よし、なんとか宿題の形で子どもたちにやらせよう」

とうとう、私はドリルを家庭学習の宿題でやる、などということにして私の手を省くことにした。

翌日、私は後ろの黒板に大きな方眼紙を貼《は》った。下に子どもたちの名前が書き込んであって、漢字ドリルと計算ドリルの二種類だ。ドリルの問題が一つ終わったら、方眼紙にシールを一つ貼《は》ることができるという決まりにした。

「何、これ？」

「あのね、家でドリルをやって来たら、隣の人に丸付けしてもらって、シールを貼るのよ。二学期の分もあるからね」

「家でやるの？」

「遊ぶ暇《ひま》がなくなっちゃうよね」

「そうだよ」

「でもね、先生はまた、勉強する時間が足りない！　って、言うにきまってるよ」

子どもたちがぶつぶつ文句を言っていたが、ドリルの丸付けは、けっこう軌道にのって何日か過ぎた。学校の休み時間にもやっていいかというので許可すると、

「先生、隣の人が丸付けやってくれないよ」

という声が上がった。今度は班長さんに丸付けをやってもらった。私が丸付けをとてもほめたので班長以外にも、

「丸付け、やってあげたーい」

という子が出てきた。そこで、同じ班の人ならいいことにする。

「でもね、自分が丸付けしてあげるページが終わっていることが条件よ」

と言ったのでたいへんだ。ほかの人に丸付けしてやるには、自分が先に進んでいなくてはならない。丸付けしたい子が、一生懸命漢字ドリルをやり出したのだ。計算ドリルも同じような感じに進んでいった。

今まで、二十分休みと昼休みは外で元気に遊んでいた子どもたちが、今では、かなり教室に残ってワイワイとドリルをやっている。とりあえずドリルだけでもやる気が出てきてよかったと、胸をなでおろす私だった。

これで、授業時間が取り戻せる！　子どもたちに遊びは大切だけれど、時間が足りないんだから仕方がない。『背に腹は代えられない』だねなどと、私は勝手に自分を納得させていた。

何日かたったある日。

「花山すげーよな」

「うん、初めさ、ほんとにやってるんかと思ったら、ほんとだったんだよな」

「え、何、何？」

私は大急ぎで聞いた。

「何がすごいのよ」

「先生、知らなかったの！　俺たちまだ五つしか貼《は》ってねえのに、花山は十いくつもシール貼ってんだよ」

「そうなんだよ。ほんとかよって花山のノート見たら、ばっちりやってあるんだよ。すげーよな」

　これは、これは……すごい！

「ふーん、計算ドリルもばっちりだ」

　私は見に行って驚いた。忙しさにかまけていたとはいえ、後ろの黒板に注意してなかったので、花山君のことに気づいていなかったのだ。やってるねえ。うれしさがこみあげてきた。

「中子先生、花山君の隣の中川さんはたいへんなんだよ、丸付け！」

　なんだそうだ。女の子が何人か私のことを中子先生と呼ぶ。『親しみを込めて』なのだとか。

「どうして、たいへんなの？」

「だって、花山君がたくさんやって来るんだもの」

フムフム、花山君はやっぱり中川さんに好意を持ってるね。中川さんに認めてもらいたいばっかりに、ドリルをこんなにがんばってる！　二人を一緒の班にして机を隣同士にしたのは大成功だった！　よし、今度机から離れて出歩いたら、私の机のすぐ脇《わき》に花山君の机を持って来て「罰としてここにいなさい」と言ってやろうと、ニヤニヤしている私だった。よし、これで行くぞ！

「先生、花山君たらね、中川さんに丸付けしてって頼んでね、朝、十分くらい早く来てって、手を合わせて中川さんを拝んでいるんだよ」

女の子たちが笑いながら報告してくれる。

「中川さんは、優しいから早く来てくれるんだよ」

「そうなんだ」

「男子はね、『花山、丸付けしてくれ』なんて頼んじゃって、花山君も大忙しなんだよ」

「花山君も、『おい、ここ直せよ』なんてやさしく言ったりしてさ」

「あの、いばりん坊の花山君が、やさしくなったんだよ」

「ふーん、そうなの！」

なにか私は幸せな気分になっていた。

ニンマリした私は、次の作戦を考えていた。ある中学校の先生が言っていたことが作戦のもとになっていた。

その中学の先生はこう言っていた。

「数学で一番困るのは、分数が分からなくてみるみる落ちこぼれていく子がいることなんだよ。中学じゃあ、できない子は十点、0点になってね。できる子は、九十点、百点、真ん中がいなくて上と下の二極化が顕著なんだよ」

そこで、その分数が四年生の勉強では三学期にあるので、分数は授業時間を確保することにして授業計画を立てた。しかし、やっぱり足りない。仕方なく私は、子どもたちにノートをとらせる時間を削《けず》ることにした。計画は立ったものの、たいへんだった。分数のプリント作りをして、一時間ごとに計算問題ができるようにして用意はできた。

最初の導入のところで分数の実験をやりたいなあ。算数も実験と称してなにか器具を使ってやると、子どもたちの頭に具体的に印象付けることができて、よく分かるんだけどなあ……私はいろいろ考えをめぐらしていた。そのうち実行したいなあ……私は楽しみにしていた。

ああ、今日も一日終わった。自転車で家に帰る間の二十分。私はいろいろ考える。ほかの先生のように研究授業などで時間を取られることもなく、全部子どもたちのために時間が使えるのもいいことだ。そして、家に帰ると私より三年早く定年になって、嘱託で教員をしている夫が、いい相談相手だ。

二学期までの四年一組は、先生たちが入れ替わり立ち替わり、授業をやってくれてはいたが、休み時間や給食の時間は自分たちだけでやることが多いので、どうしても先生たちの目が届きにくかったのだ。その頃の四年一組は、

「さわがしいね」

「落ち着きがないね」

などと言われていた。その上、花山君が奇声をあげたり、出歩いたりするのが目について困っていた。

しかし、その花山君は、校長先生のところには、あの税金の話の後、一回話しに行っただけだそうだ。それに「花山君の席を先生の机の隣にしますよ」の殺し文句もまだ使っていない。そう言えば、いつの間にか、花山君は目立たなくなっているなあと私は思った。

どうやら四年一組は全体に落ち着いてきたようだ。正直、私はほっとした。

だが、四年生として身につけるべき学力はかなり欠けているだろう。五年生になってこの子たちが困るよね。

こういうときは、どこかで自信を得て自主的に学習しようとする態度が身につけば、乗り越えて行けるものなんだ。何かあるだろうか。

五年生になれば、高学年として委員会活動にも参加していかなければならないから、みんなの前でどんどん発言していけるといいな。本当は学級会で、もっと自主的に活動できるといいのだけれど……そして、ついでに何か楽しい思い出もと……欲が出てしまう私だった。

第二章　歌でおぼえよう！（1）

○都道府県名おぼえ歌

私は、あれこれ考えて決めた。五年生になってすぐ役に立ち、大人になってからも結構自慢できたりする、社会科の都道府県の名前をおぼえさせることにしよう、と。

これなら、まず毎日五分くらいお題目みたいに唱《とな》えるだけで、時間をとらない。五年生になって都道府県名のテストがあるから、高得点が期待できる。

そうしたら、自信が持てる。産地の勉強でも日本海側にある県か、太平洋側にある県か、分かっていると理解が早い。全国高校野球だって県の名前が分かっていると、親しみが湧いていいものなのだ。

さっそく、帰宅して夫と娘にその話をすると、娘が言うには、

「都道府県名を歌でおぼえるなんて学問じゃないね」

「でもそんなこと言っていられない。時間が足りないんだもの」

「そうねえ、地図を見てしっかりおぼえても、時間がたつと忘れるけど、歌なら思い出せるかもね」

「高校野球のときは、役立つかもしれないね」

と夫も言う。とにかく、歌を作ることにした。

地図を広げて、中国地方の広島県と岡山県を見ていて、ジャイアンツの監督だった広岡さんが頭に浮かんだ。

（広島と岡山がある。二つ合わせて広岡さんだ。よし！　野球でいこう！）

と思い立った。子どもたちにも、何か自分でいいと思うもので作っていいよと言えば、いいものが作れるかもしれないと、ひそかに期待もした。

まず、「都道府県の一覧表」を作る。

都道府県の数

一都、一道、二府、四十三県、

一、北海道地方……一道

二、東北地方………六県
三、関東地方………一都六県（東京都）
四、中部地方………九県
五、近畿地方………二府五県（京都府、大阪府）
六、中国地方………五県
七、四国地方………四県
八、九州地方………八県
順番は、やっぱり北からだよね。
●北海道はこれ一つだし、北は北海道。次は青森か……。
＊〜北は北海道〜
●東北地方ができて「青よ、愛はヤミ、フー」とため息をつくことにした。
＊〜青（森）よ、愛（秋田、岩手）は、ヤ（山形）ミ（宮城）、フー（福島）〜
●関東地方は東京中心だね。「東京には、群とい千葉坂と言う坂があるのよ」となった。
＊〜東京には、ぐん（群馬）と（栃木）い（茨城）ちば（千葉）さ（埼玉）か（神奈川）と言う坂があるのよ〜

●中部地方は、「にいと石副議長さんは、静かに愛す」だね。長野の長をちょうと読ませよう。それから山梨の山はさんと読めば、副議長さんになる。これは語呂がいい。「静かに愛す」もいいねえウフフ……。
「寿司食いねえ」のセリフで有名な森の石松がいたのは静岡県清水市（現・静岡市清水区）だったね。だから「愛す」を「愛すし（寿司）」にして寿司を思い浮かべながら、滋賀県のしにつなげると近畿地方がすぐ出てきていいねえ。ちなみに、子どもによっては、「愛知県の次はどこだっけ？」と次が分からなくなる。それが、『すし』のしが滋賀県のしとして、すぐ続いて出てくるのでとてもいいのだ。
＊〔にい（新潟）と（富山）石（石川）副（福井）ぎ（岐阜）長（長野）さん（山梨）は、しずかに（静岡）愛（愛知）すし（滋賀県に続く）〕
●近畿地方は、「滋賀三（み）奈良（高）は京都の代表」だね。
「大阪の大をだい（代）と読んで、兵庫の兵をひょう（表）とすると、京都には滋賀三奈良という高校があって、代表で甲子園に出るみたいだね」

と娘が笑う。
＊〔滋賀み（三重）奈良は（和歌山）京都のだい（大阪）表（兵庫）〕

●中国地方には苦い思い出がある。鳥取へ出張するとき、「取鳥」へ行きますと届出用紙に書いて提出して、すごく笑われたことがある。

「とっとり」と発音するから、「とっ」と「とり」で、素直に読めば、上の「とっ」が「取る」で、下の「とり」が「鳥」と思うじゃないですか。

どうして「とっ」を鳥と書いて、「とり」を取ると書かなきゃならないのかな。これって私だけでなく、他にも間違える人がいるんじゃないのかとしばらくの間、腹が立っていた。それからは、あそこは鳥を取る県なのだ。鳥は地図の上の方を飛んでいるのだと思うことにしている。

ここで、ようやく私がプロ野球の中で好きな元監督、広岡さんが登場する。うちの夫は読売ジャイアンツ（巨人）のファンである。そのため、夏はたいていテレビにはジャイアンツの試合が映っていて、家族はいつの間にかジャイアンツのファンになっているのだ。

こうして、時計と逆回りで左に行く。鳥取から左の島根に行って、下に下りて広島、岡山と行き、ぐるっとまわって山口県に行く。

そして「鳥だよ。鳥島は、広岡さん（山）」となった。

＊〔鳥だよ。鳥（鳥取）島（島根）は広（広島）岡（岡山）さん（山口）〕

都道府県の数

1. **一都** 東京都
2. **一道** 北海道
3. **二府** 京都府・大阪府
4. **四十三県**
   - 東北地方 6県
   - 関東地方 6県
   - 中部地方 9県
   - 近畿地方 5県
   - 中国地方 5県
   - 四国地方 4県
   - 九州地方 8県

●自分で歌いやすい歌を作ろう!!

※拡大コピーし印刷して使用して下さい。

日本の都《と》道《どう》府《ふ》県《けん》名《めい》をおぼえよう！

4年　組　番（　　　　　　　）

●たのしくたのしく
　うたのように　おぼえよう！

「都道府県名おぼえ歌」中村作

① 北は……北海道《ほっかいどう》
② 青よ……青森《あおもり》
③ あ……秋田《あきた》
④ いは……岩手《いわて》
（愛《あい》）
⑤ や……山形《やまがた》
⑥ み！……宮城《みやぎ》
⑦ フ！ためいき……福島《ふくしま》
⑧ 東京には……東京《とうきょう》
⑨ ぐん……群馬《ぐんま》
⑩ と……栃木《とちぎ》
⑪ い……茨城《いばらき》
⑫ ちば……千葉《ちば》
⑬ さ……埼玉《さいたま》
⑭ か……神奈川《かながわ》
という坂が
あるのよ

⑮ にい……新潟《にいがた》
⑯ と……富山《とやま》
⑰ 石……石川《いしかわ》
⑱ 副……福井《ふくい》
⑲ ぎ……岐阜《ぎふ》
⑳ 長(ちょう)……長野《ながの》
㉑ さん(山《さん》)は……山梨《やまなし》
㉒ 静かに……静岡《しずおか》
㉓ 愛すし……愛知《あいち》
（寿司）
㉔ しが……滋賀《しが》
㉕ 三(み)……三重《みえ》
㉖ なら……奈良《なら》
㉗ は……和歌山《わかやま》
㉘ 京都の……京都《きょうと》
㉙ 大(だい)……大阪《おおさか》
（京都代表）
㉚ 兵(ひょう)……兵庫《ひょうご》
鳥だよ

㉛ 鳥……鳥取《とっとり》
㉜ 島は……島根《しまね》
（左まき）
㉝ 広……広島《ひろしま》
㉞ 岡……岡山《おかやま》
㉟ さん(山)……山口《やまぐち》
川だよ
㊱ 香川は……香川《かがわ》
㊲ 徳島……徳島《とくしま》
㊳ 高《こう》を……高知《こうち》
㊴ 愛す……愛媛《えひめ》

㊵ 福《ふく》……福岡《ふくおか》
㊶ さ……佐賀《さが》
㊷ 町《ちょう》(長)は……長崎《ながさき》
㊸ 大……大分《おおいた》
㊹ 宮の……宮崎《みやざき》
㊺ 熊《くま》と……熊本《くまもと》
㊻ 鹿《しか》……鹿児島《かごしま》
さいごはとうとう
㊼ おっきな輪……沖縄《おきなわ》

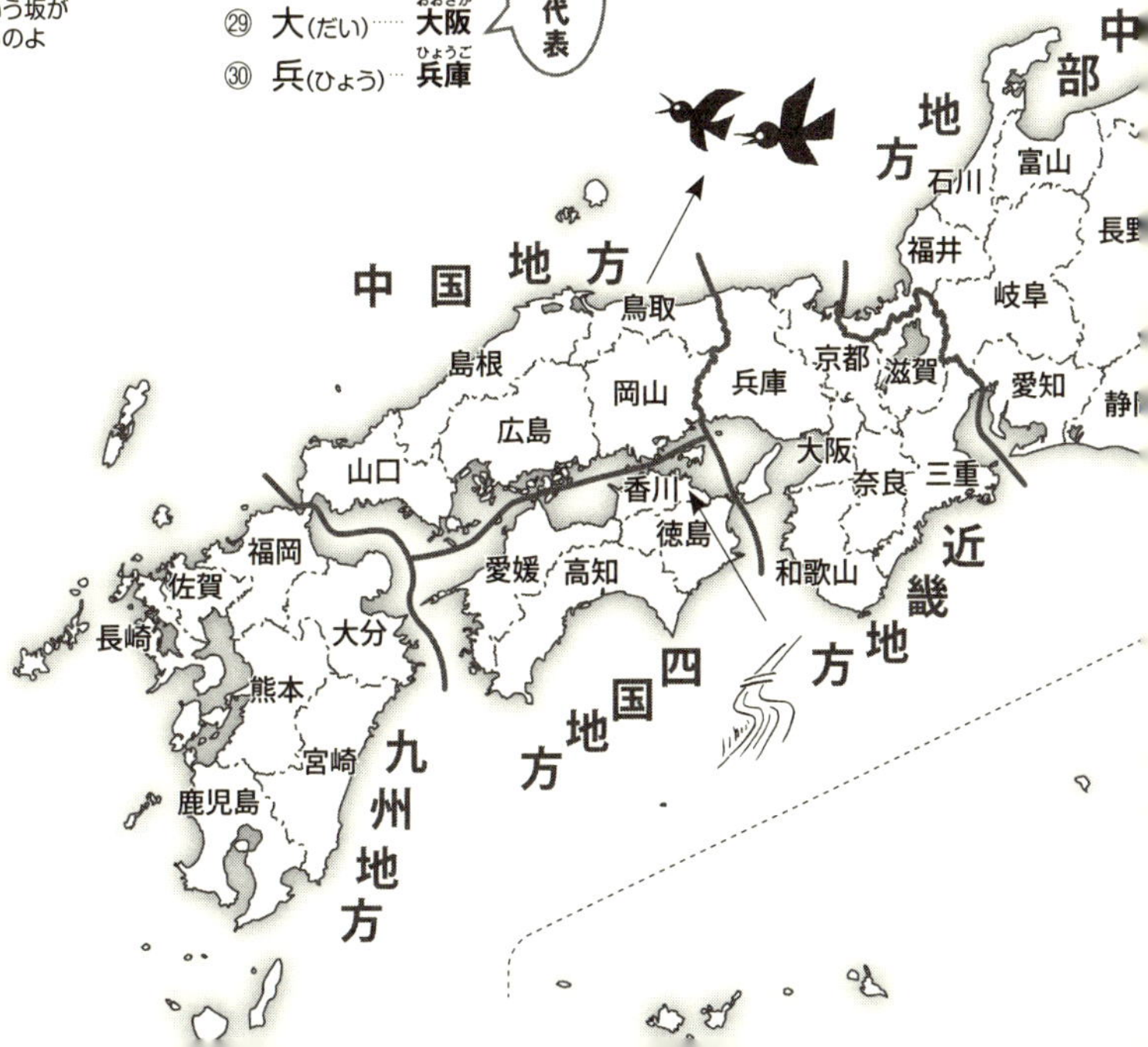

左の地図の番号《ばんごう》にあてはまる都道府県名を、□に書きましょう。

①	道	⑰	県	㉝	県
②	県	⑱	県	㉞	県
③	県	⑲	県	㉟	県
④	県	⑳	県	㊱	県
⑤	県	㉑	県	㊲	県
⑥	県	㉒	県	㊳	県
⑦	県	㉓	県	㊴	県
⑧	都	㉔	県	㊵	県
⑨	県	㉕	県	㊶	県
⑩	県	㉖	県	㊷	県
⑪	県	㉗	県	㊸	県
⑫	県	㉘	府	㊹	県
⑬	県	㉙	府	㊺	県
⑭	県	㉚	県	㊻	県
⑮	県	㉛	県	㊼	県
⑯	県	㉜	県		

※拡大コピーし印刷して使用して下さい。

4年　組　番（　　　　　　　）

テストだよ

日本の都《と》道《どう》府《ふ》県《けん》名《めい》をおぼえよう！

●四国は県が四つで四国なんて当たり前だけれど、地図の上の中国地方には、鳥が飛んでいて、地図の下の方には香川と言う川が流れているよとおぼえるといいんだね。だから、「香川は徳島高を愛す」（愛媛の愛だけとった）となった。これは、あとで子どもたちが「また愛が出て来たよ」と言って喜んだ。

＊〔川だよ。香川は徳島高（高知）を愛（愛媛）す〕

●とうとう九州だ。形がぶどうの房みたいだから「ふさふさ」で行こうとなり、左に行って右に行って、左に行って下に行って、最後は「大きな輪」で終わりだ。「ふさふさ」のふは、福岡のふにつながるよ。

「福佐町（長崎の長をちょうと発音して町と書く）は、大宮の熊と鹿。最後はおっきな輪（沖縄）」となる。

東北の宮城と九州の宮崎を、取り違える子がよくいる。でも、九州は、長崎の崎と宮崎の崎が同じだよとおぼえるといいねえ。

＊〔福（福岡）佐（佐賀）町（長崎）は大（大分）宮（宮崎）の熊（熊本）と鹿（鹿児島）。最後は、おっきな輪（沖縄）〕

都道府県名おぼえ歌……地図を見ながら歌のようにおぼえよう

＊　北は、北海道

＊　青よ、愛はヤミ、フー

＊　東京には、群とい千葉坂と言う坂があるのよ

＊　にいと石、副議長さんは、静かに愛すし

＊　滋賀み奈良は、京都の代表

＊　鳥だよ。鳥島は、広岡さん

＊　川だよ。香川は、徳島高を愛す

＊　福佐町は、大宮の熊と鹿。最後はおっきな輪で沖縄

○みんなの反応

おぼえ歌を、毎朝五分、唱《とな》えることにして始めた。私は地図を北側の壁に貼《は》った。地球の北と地図の北が同じ方向になるのがいいのだ。

「愛はヤミだって！」

「静かに愛すしだってさ」

「四国にも愛すが出て来るよ。先生は愛が好きだねえ」

「ほんとだ、愛が三つあるよ」

「そうだったね、都道府県『愛の歌』にしようか」

「都道府県名おぼえ歌がいいなあ」

と、花山君が言い出した。

「愛の歌なんて、どんな中身か分かんないよ。おぼえ歌なら、あ、これ見ておぼえるんだって、すぐ分かっていいよな」

「そうねえ」

こんな感じでなんとなくおぼえ歌になった。この頃はみんなが花山君の言うことを認めていた。

ところが、子どもたちより家の人たちの反響がよかった。

「うちのお姉ちゃんに大好評でさ、これいいね、これいいねって、さっそく中学校へ持って行って、みんなにおぼえさせてるよ」

「うちでもお母さんが、いいねえ、私もこういうふうにおぼえればよかった。今からでもやろうって私と競争してるのよ」

それから、子どもたちの家では、この歌の話で盛り上がって楽しそうであった。


おぼえやすいように、私はいろいろ話をした。

中部地方の「副議長さんは静かに愛すし」では、次の近畿地方に続くのに、何県か分からない子がいるので、石松の話をした。

「森の石松は、とっても喧嘩《けんか》が強くてね、ほめられるとすぐ『寿司食いねえ寿司食いねえ』って人に勧めたのね。よく船に乗ってる場面が出てくるけど、清水港（しみずみなと）は静岡県にあるのよ。だからここで『愛すし（愛寿司）』と、しを入れて滋賀県のしにつなぐようにしたのよ」

「ふーん、寿司食いねえか」

少しでも頭に残るといいねえ。

歌の暗唱が始まって二、三日したら、誰かが、関東地方『東京には、群とい千葉坂と言

う坂があるのよ』のあとに、

「ないのよ！」

と言ったのがきっかけで、初めは笑っていたみんなもいつの間にか、

「ないのよ！」

と、言うようになった。

「ウフフフ……」

「ウハハハ……」

と笑いながら、みんな楽しそうに合唱するのであった。

それから何日かして、県庁所在地を歌でおぼえている人がいると誰かが言った。

「すごいねえ、でも皆さんにはまだ早いね」

と言って、私はそのままにしてしまったが、いずれ考えてみることにした。


それから、私は、毎朝、意地悪く聞いた。

「五年生になって、四の一から来た子は分数が分かってないとか、いろいろ言われると困ったりしないかな」

子どもたちは、またかという顔をするけれど、

「そりゃあ困るよ」

と、花山君が口をとがらせて言う。

「よし！　それじゃあ、分かるようになるまでやろう！」

と、私が気合いを入れて、授業が始まる。みんなも仕方ないねという顔で勉強に取り組むのであった。

○川田君、しっかり！

相変わらず毎日、二時間余計に勉強させられているような子どもたちであったが、いつの間にかそれにも慣れてきたようだ。

男子が三人、川田君を先頭に職員室にやって来た。

「先生、僕たちを五年生がいじめるんだよ」

「ほう、どういうふうにですか？」

「五年生が僕たちを校舎の裏へ呼び出してさ、文句言うんだよ」

「どんなこと言われたの」

「あのね、言うこと聞け。聞かないと承知しないぞとか」

ちょうどチャイムが鳴った。

「じゃあ、五年生を呼んで話してあげようか」

私はちょっと首をかしげる。川田君の後ろにくっついているこの二人の子は、いつも金魚のふんみたいに、川田君について歩いているなあと思っていたところだったのだ。二人ともおとなしくて、いつも川田君の後ろにかくれている。人の言いなりにならないで、自主性を持って生きていってくれないと困るのだと私は思うのだが……。
二、三日前に、川田君のことをそっと女の子たちにたずねたばかりだった。
「あのね先生、川田君は、お父さんが町会の会長さんだからって小さいときからいばってるよ」

そうなんだ。

川田君に相談を受けたけど、どうしたらいいだろう？　今、忙しいのになあ……私の頭の中には、丸付けしなければならない子どもたちのテストのプリントがちらちら浮かんでいる。でも、川田君がいじめられてるって言っているんだから、早く見てやらなくちゃならないなあ……でも、うーん、こういうことにかかわると、いつ終わるか分からないから困るんだよなあ……しかし、やらなくちゃなるまい！　私は、決心して放課後、川田君を呼んだ。

「校舎の裏に行ってみよう」

川田君たちといっしょに校舎の裏へ行って、びっくりした。校舎の裏は通りに面しているけれど、ねずみもちという木が通りとの境に植えられていて、それがうっそうと茂っており、太陽の光もあまり届かない暗い所だったのだ。

「えー、こんな暗い所なのね」

「うん、ひどい所でしょ」

私は、五年生と話すことを川田君たちに約束した。

翌日、休み時間に五年生の廊下で、川田君を注意したという五年生の子と話をした。

「君たち五年生が、あんな暗い校舎の裏に連れて行くなんてひどいって、四年生が言っているのよ」

「うーん、だってさあ、校庭に小さい橋があるでしょ。あそこの上じゃ遊んじゃいけないことになってるのにさ。いっつも川田たちが遊んでいるんだよ。いっくら注意しても言うこと聞かないんだよ」

一緒にいたという他の五年生も、

「もう、ねっ。いくら言ってもだめだから下りてこっち来いよって言って、よく注意しようと思って校舎の裏まで行った」

と言うのだ。

「でも、あんな暗い校舎の裏まで行くことないでしょ」

と、私が強く言う。

「うん、そう思うけど、先生ねえ、川田たちは、いっくら注意しても言うこと聞かないんだよ。だから強く注意しようと思って」

五年生は、ちょっと涙ぐんでいるようだ。ほかの五年生も言う。

「先生ねえ、もう……去年からずっとだよ」

「えっ、去年て、二学期からなの？」

「はい、そうです」

「担任の先生には、話したの？」

「はい、話はしたんだけどね、なかなかやめないから」

「そうだったの……さてと、とにかく校舎の裏では、四年生をたたいたり、けったりはしてなかったよね」

「はい、暴力なんかしてません」

私は、もっとよく川田君の話を聞かなくてはいけないと思った。

「分かりました。橋の上で遊んじゃいけないことは、よく注意して、もうやらないようにします。あなたたちも校舎の裏なんかに連れて行かないでね。あんな暗い所でほかの人から見えないように注意するのは、絶対よくないわ。これからはちゃんと担任の先生にも話してください！」

五年生はせっかくの休み時間がふいになったが、文句も言わずにうなずいてくれた。川田君のほうに問題があったのだな。


教室に帰った私は、次の授業の前に少し時間をとって、厳しい顔で川田君に注意した。川田君は、ふてくされていた。

「五年生の話だと、橋の上で遊ぶと危険だから遊ばない決まりになっているのに、あなたたちは注意されても言うことを聞かなかったんだってね」

「あそこは、ボール投げるのにちょうどいいんだよ」

「それで一年生が怪我をしたんだってね。学校としては、まずいじゃないの」

「ちぇっ、自分のクラスの子の味方しないなんて……」

「えっ！　今、なんて言ったの？」

「うん、だってさ、先生は僕たちの担任なのにさ、五年生の味方してる」

「何言ってるのよ。五年生の味方してるわけじゃないのよ。決まりをちゃんと守っているか、いないかが問題なの。決まりを守らないほうが悪いでしょ。悪いことをしてるのはどっちなのよ。あなたたちのほうじゃないの」

「だって、校舎の裏へ連れて行くなんて五年生が悪いよな」

「そりゃあ行き過ぎてるわね。そこは厳重に注意しときましたよ。ところで、五年生の人たちの言うことによると、あんたたちはもう去年の二学期から決まりを守ってないって言うから、これはたいへんなことです。ほかにもいないか確かめて、みんなに注意しなくちゃあなりません」

私は一息ついた。

「君たちはいったい何を考えてるの。学校は一年から六年までいるんだから、一年生が怪我をしたら禁止になっちゃうの当たり前でしょ！　それでも橋の上からボールを投げるのが、面白いからやりたいって言うんなら、代表委員会に出して『一年生がいない放課後やらせてください』って提案すればいいのよ。それなのに、禁止になっているけど面白いからってやっているのは、四年一組の君たちが悪い！」

私は、きびしく言った。ほかの子どもたちは川田君たちが注意されたことを納得しているようにうなずいていたが、川田君は不服そうに口をとがらせていた。

川田君というのは、なんでも自分の言い分を通したがる我が儘な性格だということが、かなりはっきりした。私は、このまま大きくなったら本人のためにもよくないと思った。でも、毎日の忙しさに追われてそのままになってしまって残念であった。

○横川君、がんばれ！

「おい、横川はまた漢字一つもできてないよ」

子どもたちがひそひそ声で話しているので、私はすぐ横川君の答案用紙をのぞいた。

簡単な字がいくつか並んでいた。横川君は、確かに漢字など書くのは得意ではないが、おとなしくて真面目で、掃除が上手で友達づきあいもいい。問題があると思っていなかったけれど、そういえばテストの点がよくなかった。

漢字練習では、ドリルを見てとてもきれいにノートに書いているではないか。

私は、横川君にこっそり聞いた。

「横川君、あのね、ノートに漢字書くとき、とってもきれいに書けるんだよね」

「うん」

「だけどね、テストのときあんまり書けないみたいだけど……どうしてかなあ？」

「うん、あのね、前からなんだけど」

「いいよ、なんでも言ってね」

「あのね、家で一生懸命おぼえてくるんだけど、すぐ忘れちゃうんだ」

「そうなんだ。ほんとは書けるんだよね」

私は横川君の頭をなでてやった。

そして、次の日も漢字のテストをやった。

横川君は一番前の席に座らせてあったので、教室の前の壁の黒板のすぐ下にも机と椅子《いす》を置いて、テストが始まった。横川君には、前の机で練習してから自分の席に戻って来て書いていいよと言っておいた。

「先生、いいの？」

「いいよ、ドリルを見て書いてるわけじゃないからね。ちゃんと前の席でおぼえてから書いてるんだから」

横川君は、にっこりうなずいて黒板の所に行ったり、自分の席に戻ったりして書いていた。そのうちすぐ何人かが気が付いた。

「先生、横川、何やってんの？」

私は、みんなのほうをしっかりと見て、小さい声で言った。

「あのね、みんなよく聞いてくれる？　横川君は家で一生懸命おぼえてきても、テストのときには忘れちゃうんだって。おぼえてすぐなら忘れずに書けるんだって。だからね、もう一つの机でおぼえてから書いているのよ。ドリルを見て書いているんじゃないからいいよね。ね」

私は、みんなの顔をじっと見た。みんなも私をじっと見た。そして誰ともなく、

「いいよ」

「いいよ」

と、口々に小さい声で言った。

みんながやさしくうなずいている。

横川君のほうを振り返って見ると、彼は、そんなことにかまわず行き来していた。私は目頭がじーんとした。いつも掃除のやり方が上手で真面目で優しい横川君の人徳《じんとく》のおかげだなあと思う。

しかし、こんな漢字の書き方は、学校では許されても世の中に出たら通じないよね。でも体を使ってやることなら、きっと横川君はやっていける。そうやって横川君は生きていけるだろう。未来に希望を託《たく》すことにした。


なんと、その日、花山君は、掃除のやり方が雑だと横川君に叱られている。掃除班のみんなが笑っている。みんな横川君を応援しているのだ。

「分かったよ」

と言いながら、花山君はていねいに、ほうきで掃いているではないか。以前の花山君なら、「だって早く終わりたいんだもの」なんて文句を言って、ほうきを投げつけて出て行ったりしていたのだった。今は落ち着いて横川君の言うことを聞けるようになっているのだ。私はうれしくなった。これも周りのみんなが横川君を助けてくれるおかげだと思う。

そう言えば、ドリルの進み具合はどうだろうと後ろの黒板を見に行くと、やっぱり花山君はすごい！　ダントツでシールがそびえたっている。

よかったなあ、これで花山君も救われる。

翌朝、教室に行ってみると、なんと花山君の机の上にはドリルがたくさん積んである。

「花山君に丸付けしてもらうと正確なんだよね。こっちまで頭良くなったみたいなんだよ」

「間違ったとこなんか、ちゃんとていねいに教えてくれるんだよ」

「俺さ、間違っておぼえててさ、正しい字を教えてもらったから助かったんだ」

「へーえ、そうなんだ」

いまや花山君は四年一組にはなくてはならない存在になっていた。

第三章　学級のこと

○お別れ学級会

相変わらず忙しい毎日が続いているなか、私は、みんなが五年生になったときのことを考えていた。

五年生はまがりなりにも高学年だ。学校の中の運営の一翼をになう委員会活動をやることになる。そうしたら児童会活動をはじめ、いろいろな活動を積極的にやっていかなければならない。そのための力をつけてやろう。

学級会活動でやれることが、何かあるはずだ。授業としては、一時間だけ学級会の時間を取り、あとは休み時間や放課後、帰宅してからどこかに集まってやるのもいいなあ……。グループを組ませ、自分たちでつくった出し物をやらせれば、自主性が育つね……。

私は、よく考えてみんなに提案した。

「五年になるときクラス替えがあるので、別れ別れになる人もいるから、お別れ会を兼ねて『発表会』をやりたいと思います」

「発表会って、なあに？」

「あのね。みんなが、自分から進んで積極的に行動する力が身につくといいでしょ。そのために、発表会をやってもらおうと、私が考えているんですよ」

「へえー、先生が考えてるの？」

「うん、みんながね、自分で意見を出し合って、出し物を決めたり、やり方を決めるんですよ。自分たちで作ったオリジナルのものがいいですけど、もちろんお楽しみ会的なものもいいのよ。必ず私に相談してくださいよ」

「先生、どうやってやるの？」

「先生、誰とやるの？」

「あ、そうそう、これはね、みんなのお楽しみ会みたいなもので、私からのあなたたちへのサービスというかプレゼントというか……」

「なんでプレゼントなのよう！」

「ほら、勉強ばっかりでしょう。だから、ちょっとだけ、みんなが自分たちで楽しくやればいいかなあって思ったのよ」

「ふーん」

「そうかなあ」

「ねー先生、もともと学級会って時間割にはあったよね。それをわざわざプレゼントだなんて……」

ごもっとも、ごもっともである。でも、

「ねえねえ、みんな、私は初めから学級会の時間はつぶすつもりだったんだからね。そうしなければ、とても勉強が追いつかないのよ」

私の声がちょっと涙声になった。不覚にも涙もろいこの目から、つい涙が出てくるのだ。一組のみんなはしーんとしてしまった。

「あのね、たとえば給食当番のとき、今週は一班と二班が当番でしょ。当番じゃない班は待ってる時間があるわけだから、その時間を使って、発表会の練習をしてほしいのよ。要するに班ごとに練習をやってもらいたいのよ」

「うーん、そうかなあ」

「好きな人とやりたいよなあ！」

うんうん、ごもっともだけど……。

「みんなは仲良しの人とグループ作ってやりたいかもしれないけれど、なかなか全員が集まるのは難しいと思うのよ。休み時間はみんな遊びたいだろうし、放課後はピアノなんかの習いごとをしている人もいるし、塾に通っている人もいるから全員集まれるかなあ」

みんなは、また先生が泣くのは困ると思っている様子だ。

「私のサービスっていうかプレゼントだから、文句言わないで班ごとにやってちょうだい。いいね」

と、私は押し切ってしまった。

なんだかみんなが可哀そうと思って、私は落ちこんでしまった。

だが思いがけなく、これにからんで良いことが起きてきたのだった。

○ハムスターを飼う

四年一組の『るすばん先生』になる前は、私は習字と家庭科の勉強を教えていた。習字は四・五・六年生、家庭科は五・六年生だ。今は担任の先生たちが受け持ってくれている。

三学期は忙しい時期なのに、申し訳ないと思う。

私は、家庭科の教室でハムスターを飼っていた。家庭科室には、五年生と六年生がやって来ては、ハムスターを可愛がってくれる。ハムスターは二つのカゴに二匹ずつ入れていた。オス二匹メス二匹で、オス同士、メス同士にしておいた。ハムスターは一匹ごとにカゴに入れるらしいが、私の家では、何匹も生まれてしまって全員のカゴは用意できないのだった。

四年一組の担任になるので、ハムスターの面倒を見ていられない。そこで、五年生の担任の先生に頼んでみたら、喜んで引き受けてくれたのだった。

ところが、ハムスターを好きな子どもはいくらでもいるのだ。

「先生、五年生の教室にいるハムスターは、中村先生のだって本当?」

「本当だよ」

「ねえ、私たちの組で飼いたい!　いいでしょう?」

「そうだよ、そうだよ」

「先生、お願い!」

フム……ハムスターは手がかかるしなあ……どうしようか?

「先生ってばあ、私、ハムスター飼いたいんだけど、お母さんが絶対ダメって言うんだもの」

「うちんちもだよ。飽きたら、どうせお母さんが面倒を見なけりゃならないからって、ぜったい許さないいんだから。ね、ねえ、四年一組で飼っていいでしょ」

とうとう、

「じゃあ、一カゴ戻してもらおうか」

「きゃあ、賛成！　賛成！」

「よかったあ！」

なんて、はしゃいじゃって。

「それでは、厳重に注意や約束を守ってもらいますよ。飲み水やおしっこの取り換え、餌《えさ》やりなんか全部自分たちでやること」

「もちもち、オーケーだよ！」

「出して遊ぶときは、噛みつかれるから軍手を使うこと。逃げちゃうといけないから、大きな段ボール箱の中だけにする。いいわね？」

「いいよ」

「オッケー」

ついに、四年一組にハムスターがやってきた。カゴの前は黒山の人だかりである。授業が始まったら私の机の後ろに隠してしまった。みんなが気にして、勉強にならないからだ。そのうち、どうしても飼いたいのに家の人が許してくれない家へ、土曜日と日曜日にハムスターの貸し出しが出席簿順に行われた。とうとう、私はカゴをもう一つ買って、二つ貸し出すことにした。貸し出しもだめな子は、友達の家へ行って遊ばせてもらうほどに、ハムスター熱が過熱してしまった。

「ねえ先生、僕、順番待ってると、四年生のうちに借りられないよ。だから今日貸してよ。明日持ってくるからさ」

渡辺君が言い出した。貸し出しは、土曜日と日曜日ということになっていて、月曜から金曜は貸し出しはしない。渡辺君は出席簿の一番後ろだから、四年が終わって中村先生が担任じゃなくなったら、もう借りられないと思っているのだった。熱心な頼みに、ほかのみんなも一応許してくれることになり、彼はさよならすると家へとんで帰り、またすぐ学校へ走って来た。

「お母さんがいいって許してくれたよ」

そのうれしそうな顔！

さっそく渡辺君はカゴを一つ持った。そして、ハムスターは、何人もの子どもたちに囲まれ、付き添われ、昇降口を出て、校庭に出た。ほかの学年の子どもたちにも付き添われ、なんだか大名行列みたいに、彼の家へ行ったのであった。

お母さんにご迷惑だっただろうなあと私は気にした。

ハムスターは、その後もみんなのペットとして、大いに四年一組を潤《うるお》してくれた。

ある日の朝、花山君からクラスのみんなに提案があった。

「実は、僕たちの班は、お別れ会に劇をやります」

「花山君が作った劇なんだよね」

「へえ！　すげえ」

「花山、やるじゃん！」

「いやあ、それほどでもないんですが、見てのお楽しみです」

「それでどうしたの？」

「実は出る人が足りなくなったので、誰かやってくれる人を募集してるんです」

「へえー、どんなことやるの？」

「あのね、この劇は探偵物語なんですが、初めに人が殺されるんです。その殺される人を募集してるんです。殺された人は死体で舞台に出てるんですけど、セリフはないし動作もあんまりないので、ちょっと手伝ってくれるぐらいでいいんです」

「誰でもできそうじゃないの」

「ええ、そうなんです」

「でもね、ほかの班だって練習してるし」

「あのう、練習のときは人形でやるから、本番少し前に来てくれればいいんです」

「ちょっと先生にも言わせてね」

私は、時間が惜しくて提案して打ち切りにしようとした。

「もう、今はここで時間が取れないから、みんな考えといてください。できる人が申し込んでくれればいいでしょ？」

花山君は不満そうであったが、しぶしぶうなずいてくれた。

○赤井さん大丈夫かな？

「あれ、赤井さんがいない！」

ときどき私はどっきりするのだ。この前は机の下にもぐってマンガを描いていた。こういう子がこっそり教室から出て、どこかへ行ってしまったら困るのだ。

机の下を見たけれどいないなあ。

「先生、赤井さんは一番後ろで寝っころがってるよ」

「ああ、よかった。いたのね」

赤井さんはどうも勉強が面白くないらしいのだ。やれば、できないことはないんだけれど、なかなかやる気が出ない。どうしたらいいだろう。

赤井さんは字もきれいに書くし、言うことはちょっと大人びていて、しっかりしていそうだし、あんまり問題はなさそうだけれど、何かあるのだろうか？

私は、赤井さんのお母さんに連絡帳で手紙を書いた。

戻ってきた連絡帳には、

『家では母親の私がそばにいて、あれやりなさいとか、これやりなさいとか声かけしているせいか、宿題などもちゃんとやってるようですが……』

という内容が書かれていた。

そう言えば、宿題はあまり忘れてないか。でも、算数の計算は途中までしかやらないし、漢字のテストは三十点ぐらいしか取れないし、勉強はいつも半分はサボっているし、あんなことでいいのかと思う。

私はその日、漢字テストの点が悪かった人を残して、追試験を行うことにした。初めに、二十分練習してからやることにする。五十点以下で残されたのは八人。鉛筆の音だけが聞こえている。

私は、丸付けの仕事をしながら、漢字の書き取りテストをさせることができる、ということを発見してしまった。それでその後、何回か漢字の追試をやることになり、子どもたちの放課後の遊びをうばうことになってしまったのだ。

「赤井さん、追試は見事百点だよ。やればできるんじゃないの」

「うん、前から言われてる」

「そうなんだ。よかったね。やればできるんだから、今度からちゃんとやろうね」

「やればできるんだから、やらなくったっていいんだよ」

「ええ？」

「やる気が出たとき、やればできるんだから、やる気が出るまではやんなくてもいいんだよ」

「そうなの？」

小学校は基礎だから、やっておいたほうがいいのだが……。

「百点取れたら、うれしいからやる気が出たでしょうが」

「ううん」

「出ないの？　どうしてかな。誰だって喜んでまた百点取ろうなんて思うんだけど」

「…………」

「赤井さんは、そう思わないのかな」

「ええと、お父さんがね、勉強しなくっていいって言うから」

「へえ、そうなの！」

その日は、私との押し問答で終わった。赤井さんは勉強はしないつもりらしい。

私はその夜、赤井さんの家へ電話して、お母さんと話した。

「先生はご存じないかもしれませんが、この学校では学習塾へ行ってる子が多いので、家でも塾へやろうかって話になったんです。でも、そのとき、お父さんが、そんなガリ勉みたいにガリガリ勉強しなくてもいいって言ってたんですよ。いつの間にかガリガリが抜けて、勉強しなくてもいいっていうところだけ、残っちゃったみたいですね」

「なるほど、確かにガリガリやることはないですね。でも、学校の勉強は基礎ですからね。普通にちゃんとやりなさいと、お父さんに言ってもらってください」

というような話で終わったけれど、赤井さんの行動はよくならなかった。確かに勉強の意欲が出てきたら勉強ははかどるだろう。しかし、中学生ぐらいになってから意欲が出てきても、それまでの基礎学力を取り戻すのは、簡単ではない。だから今までも、そこで挫《ざ》折《せつ》する子はたくさんいるのだ。そういうことに周りの大人も気がついて、早く対処してくれるか、または、根本的に教育の仕方を変えて、子どもたちがもっと自主的に自分の力を付けることができるようにするといいのにと、私は思う。

今日も赤井さんはサボっている。

「ねえ、赤井さん。そうやって教室の床を這《は》いまわって床掃除してたら、スカートやセーターがよごれてお母さんの洗濯がたいへんでしょうが……」

「うん」

クラスのみんながクスクス笑っている。

誰かが、こっそりと言う。

「ほんとに、しょうがねえなあ赤井は」

一度、赤井さんのお父さんと話したかった私だったが、とうとう果たせないままになった。後悔の残る赤井さんだった。


そうこうしているうちに、お別れ学級会の出し物が決まってきた。男子が二人やって来た。

「先生、みんなの名前のはんこを貸して」

「うん、いいけど、何に使うの？」

「ええと、まだ黙っててよ、あのね、誰と誰が両想いかな？　赤い糸で結ばれてるのは誰？　という題なんだけどね、みんなの名前を書いた紙を、男子と女子に分けて箱に入れといて……」

「くじ引きみたいに、男子は女子の名前を引いてさ、女子は男子の名前を引くんだよ」

「そうしてさ、（俺が言うよ！　と、もめている）当たったらその人のこと好きなんだ！

想ってるんだ！　てなるんだよ。みんなキャーって喜ぶんだよ」

「ふーん、面白そうだね」

「先生も女子の中に入れといてやるよ」

「うーん、ありがとう、そいで両想いって、なに？」

「うーんと両方当たった場合だよ。例えばさ、花山君が中川さんを引いて、中川さんも花山君を引いたら大当たり！　両想い！　ってなるんだよ」

「へええ、すごいねえ」

「僕たち何回かやったんだけど、たいてい一組ぐらいできるんだよね。みんなワーワー言って大はしゃぎしちゃうんだよ」

「なんだか、すごーく楽しそう！」

「うん、そうなんだよ。先生期待しててね」

「ええ、もちろん！　ところで人数が足りないときはどうするの？」

「あ、そうそう、あのね、男子が足りなかったら音楽の先生でしょ、女子が足りなかったら図工の先生を入れるとかするんだよ」

「よく考えてるねえ、がんばってよ！」

私はとっても楽しい気分だった。

○自分のこと

私は自分がブスだと思っているから、クラスの中でも美人の女の子よりちょっと不美人かなと思う子に、つい肩入れしてしまうくせがある。

よく花や野菜の苗など植えるときでも、農家の人はよい苗だけ使い、あとは捨ててしまうけれど、(これが人間なら、私は捨てられるほうだな)と私は思って、ちょっと傷ついた弱そうな苗も大事に育てようとする。

私の父は、若い頃、青年団の団長をしていて偉そうにしていたせいか、とても美人が好きで、どこそこの家にきれいな人がいたとか言っていた。私の兄も美人が好きだった。世間では、兄妹で出かけるとか映画を見に行くとかするのが普通のようだが、私の兄はわざわざ美人の従妹《いとこ》を呼び出して、これ見よがしに映画に連れて行ったりしていた。今でも、美人の従妹がうれしそうに頭につけたリボンをなびかせて、私の前を通って行った様子が目に浮かぶ。

兄は高校生の頃、先祖からの家業をつぐため将来医師になるつもりで勉強をしていた。するとみーちゃんと呼ばれていたすごい美人が、恋人として現れた。

「あの人はお医者さんと結婚して、お金に不自由しない暮らしがしたいんだって」

とささやかれていた。戦争で落ちぶれた地主だった我が家では、いろいろなことを我慢していたが、兄だけはたくさんお金を使っていた。私たち妹や弟の我慢するという苦労も、みーちゃんがお金のある暮らしをするために持って行かれちゃうんだと思って、うらやんでいた。

ところが、兄は医学部に不合格になった。

「医者にならないんなら、やーめた」

みーちゃんは去って行った。

しかし、二年後、兄はすごい倍率を突破して見事に医学部への転部試験に合格し、晴れて医師の道へ進んだ。でも本当は、兄は弁護士になりたくて仕方なかったのだった。兄はかわいそうだった。兄が医学部へ進学するのが分かったら、

「あらあ、お医者さんになるのねえ」

と、美人のみーちゃんが戻って来た。まったく小説に出て来るような話だが本当のこと

だ。兄はきっぱり断った。それ以来、兄は美人は信用できないと言っていた。
四年一組のみんなには、よい出会いがあることを祈っている。

第四章　歌でおぼえよう！（２）

○都道府県庁所在地名おぼえ歌

相変わらず朝の五分間、四年一組のみんなは、

「青よ、愛はヤミ、フー……」

と、都道府県名おぼえ歌を歌っていた。

誰が言うともなく、

「関東地方、東京には、群とい千葉坂と言う坂があるのよ」

「ないのよ！」

と声を合わせて言うのだ。そして、かならずウフフフ、ウハハハと、こっそりと、しかも嬉しそうに笑うのであった。

都道府県名おぼえ歌は、今度はテスト用紙で、相変わらず家の人たちに人気だった。

「先生、都道府県のテストの紙ちょうだい！　あのね、うちのお姉ちゃんねえ、またまた、すごく喜んでね、今度友達にテストするから、早くテストの紙をもらってきてって言ってるんだよ。十枚ちょうだい！」

「そっかあ、いいこと聞いた。私もお父さんとお母さんにテストやってみようっと」

「面白そう！　私もやろうっと」

「私も、お兄ちゃんとテストの競争しようっと」

と言うので、私はテストの紙をどんどん印刷するはめにおちいった。

そのうちに県庁所在地を歌でおぼえている人の話になった。

「すごいね」

「でもさ、僕たちにはまだ早いんだよね」

「うーん、いずれ必要にはなるから考えておきます」

私は、家へ帰って夫に聞いてみた。すると、

「十九あるけど、どこから始める？」

「そりゃあ、やっぱり、北海道からね」

「よし、北海道は札幌、青森は青森だよ」

「県名と同じ所は覚えなくていいわね。ああ、それで県名と違う所が、十九あるけどって言ったのね」

「うん」

「なんだか、明治の廃藩置県のとき、主に江戸幕府と近い関係にあった所は、藩の名前が県庁所在地になってるね。それで、外様大名のように幕府と遠い関係にあった所は、昔の場所を使わせないで、県の名前と同じにしたような気がするんだけど……」

「そうかな?」

この話は分からずじまいだった。

夫は県庁所在地を十九カ所、すらすら言った。

「よく知ってるじゃない」

「うん、僕は太平洋戦争の敗戦のとき(一九四五年)、中学一年だったからね。社会科の地理は、徹底的に覚えさせられたんだよ。だから、よく頭に入っているよ」

「私は、四年生のとき、敗戦だったけど、地理はまだやってなかったわね」

いろいろ話をしながら、私も『都道府県庁所在地名おぼえ歌』の歌を作ろうと思った。

まず「都道府県庁所在地の一覧表」を作ってみる。

都道府県庁所在地（都道府県名と違う所）

一、北海道地方【一】北海道：札幌

二、東北　地方【二】岩手：盛岡
宮城：仙台

三、関東　地方【六】東京：新宿区西新宿
群馬：前橋
栃木：宇都宮
茨城：水戸
埼玉：さいたま
神奈川：横浜

四、中部　地方【三】石川：金沢
山梨：甲府
愛知：名古屋

五、近畿　地方　【三】滋賀：大津
　　　　　　　　　　三重：津
　　　　　　　　　　兵庫：神戸
六、中国　地方　【一】島根：松江
七、四国　地方　【二】香川：高松
　　　　　　　　　　愛媛：松山
八、九州　地方　【一】沖縄：那覇

私は一覧表を見ながら、寝てもさめても歌を考えていた。そして一応次のようにまとめてみた。

都道府県庁所在地名おぼえ歌（一覧表を見ながら歌う）

●北海道は一番【一】北は札幌。
　＊一番だから一つ
●東北は二番【二】岩手盛（盛岡）と宮城仙（仙台）があるよ。

＊二番だから二つ

●関東には六《ろく》【六】東京は新宿区西新宿二丁目。

群馬は前（前橋）で

栃木は後ろの宇都の宮（宇都宮）。

茨城の水（水戸）を

埼玉（さいたま）の

神（神奈川）様の横（横浜）に捧げる。

同じは一つ千葉よ。

＊関東は六《ろく》（ろくろっ首）あるとおぼえよう。東京都庁のホームページには都庁所在地は新宿区西新宿二丁目と記されている。地図帳にはまだ東京となっている。市町村の合併などで、これからも変更になる所が出てくるので気を付ける。

●中部さん【三】ハーイ、石川は金（金沢）を取り、

山梨は甲《こう》（甲府）を取り「えらいねえ！」

おわり名古屋の愛知県！

よし！

＊中部と近畿を、さん付けで呼んだのは、三つあるので「さん（三《さん》）」と呼んで「ハーイ」と答えておぼえやすくするため。最後、よし！　の「し」が滋賀県の「し」に続くよ
●近畿さん【三】ハーイ、滋賀は大きい津（大津）で
　三重はただの津。
　兵庫には神様の戸（神戸）。
●中国は一つだけ、【二】島根は松江。
　＊松江ちゃん、一つだけだからおぼえよう
●四国なのに二つ【二】瀬戸内海側の
　香川（高松）と愛媛（松山）には
　高い松山（高松と松山）があるのよ！
（またまた、ないのよ！　って言うのかな）
●九州もたった一つ【一】沖縄の那覇！
全部あわせて十九。九かん鳥の九助！
私は、歌を大きな模造紙に書き、北側の壁に貼《は》って、さっそく四年一組のみんなに見せ

た。

「十九しかないから簡単なの。みんなしっかりおぼえようね。それにおぼえる順番は、都道府県名と同じだから、いっしょにやると分かりやすいのよ」

「うん、いいよ。十九しかないんだ。すぐおぼえちゃうよ」

「簡単そうだね」

「では、みなさんにこれを印刷してあげます。都道府県名おぼえ歌と一緒におぼえてね。それから、一つ守ってほしいのは、東京都の所に書きましたが、県庁所在地の名前が変わったりしますから、毎年気をつけることです」

花山君が立ち上がって、もじもじしている。

「僕ね、中村先生が作るだろうから、僕も自分で作ろうってしてたんだ」

花山君はなんだか恥ずかしそうだった。

「えっ、それはすごい！」

「見せて！」

「残念ながら、まだ出来てないんだよ」

「そうなの」

「あのね、先生の歌はいろいろ工夫してるから、分かりやすくていいんだよね。僕は、もっと歴史の勉強をして、面白いのを作ろうかなって思ってるんだよ。だから早く日本の歴史っていうマンガを読みたくなっちゃったんだ」

「へえ、花山はすごいね」

「そうだね、花山はよく勉強してるんだね」

「花山が作れば先生の歌よりいいのが出来るかもよ」

「そうだよ、そうだよ」

「花山がんばれよ！」

「うん、えへへ……」

花山君は、満足そうに照れ笑いしていた。だが、その後、花山君からこの話は出なかった。私も忘れていた。


都道府県庁所在地名おぼえ歌をまとめて子どもたちに配ったのは次のとおり。

日本地図―都道府県庁所在地名おぼえ歌

●北海道が一番、北は札幌。
●東北は二番、岩手盛と宮城仙があって、
●関東に（六）ろくろっ首だよ。
群馬は前で、栃木は後ろの宇都宮。茨城の水を埼玉（さいたま）の神様の横に捧《ささ》げる。
同じは一つ、千葉よ。
●中部さーん、ハーイ、石川は金を取り、山梨は甲を取り。「すごいねえ」おわり名古屋の愛知県。「よし！」よし！　の「し」が滋賀県に続くよ。
●近畿さーん、ハーイ、滋賀は大きい津で、三重はただの津。兵庫には、神様の戸。
●中国は一つだけ、島根の松江。
●四国なのに二つ、瀬戸内海側の香川と愛媛に、高い松山があるのよ！（ないのよ！　ウフフフ）
●九州も一つ、沖縄の那覇。
全部あわせて十九、九かん鳥の九助！

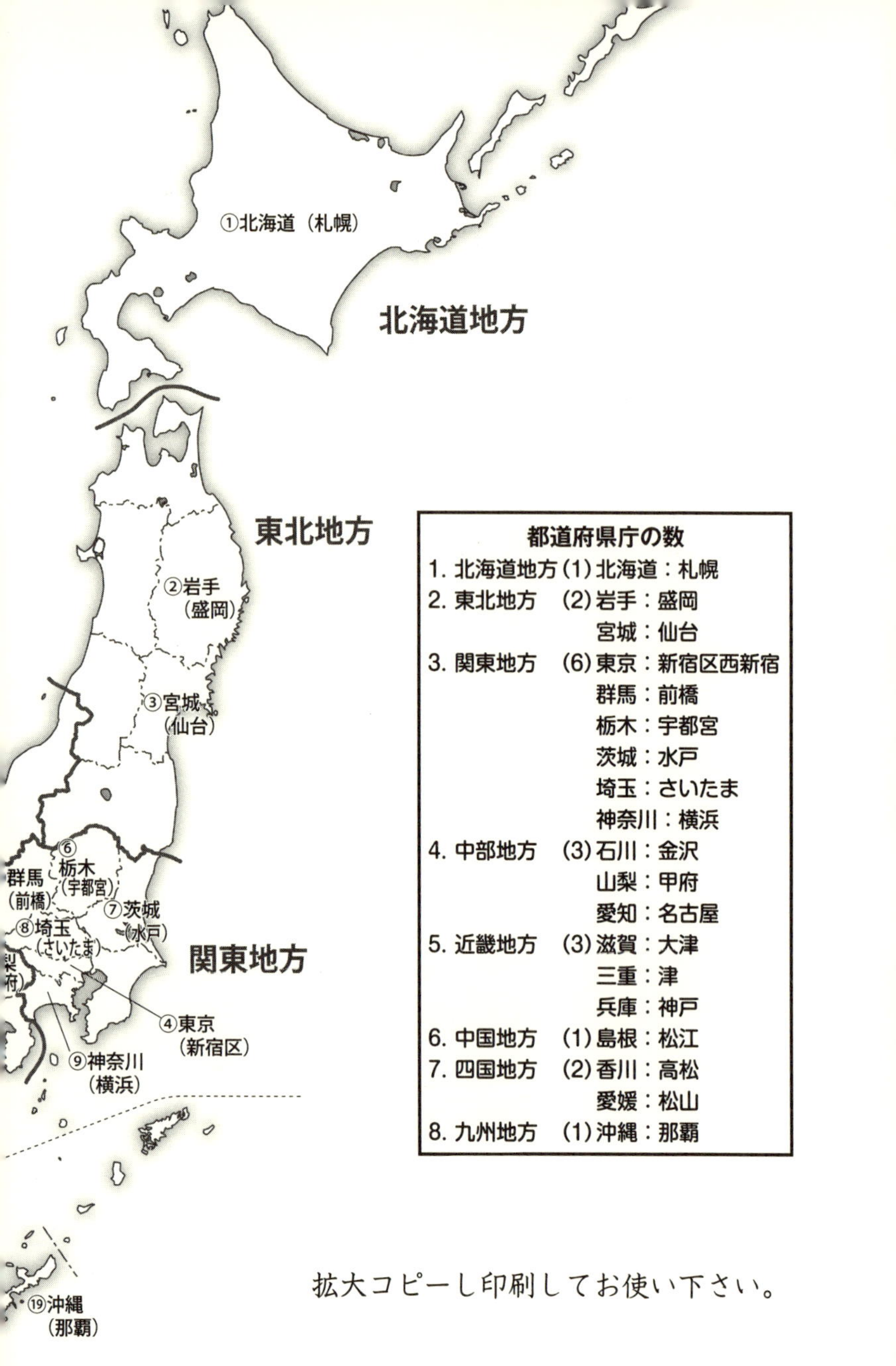

都道府県庁の数

1. 北海道地方 (1) 北海道：札幌
2. 東北地方 (2) 岩手：盛岡
   宮城：仙台
3. 関東地方 (6) 東京：新宿区西新宿
   群馬：前橋
   栃木：宇都宮
   茨城：水戸
   埼玉：さいたま
   神奈川：横浜
4. 中部地方 (3) 石川：金沢
   山梨：甲府
   愛知：名古屋
5. 近畿地方 (3) 滋賀：大津
   三重：津
   兵庫：神戸
6. 中国地方 (1) 島根：松江
7. 四国地方 (2) 香川：高松
   愛媛：松山
8. 九州地方 (1) 沖縄：那覇

拡大コピーし印刷してお使い下さい。

「都道府県庁所在地名」をおぼえよう

4年　組　番　名前（

● 19 しかないから簡単だ。楽しくおぼえよう！

①北海道は１番（1）北は札幌
　☆１番だから１つ
②東北は2番（2）岩手盛（盛岡）と
③宮城仙（仙台）があって
　☆東北は２番だから２つ
④関東には六《ろく》（6）東京は新宿区
⑤群馬は前（前橋）で
⑥栃木は後ろの宇都の宮（宇都宮）
⑦茨城の水（水戸）を
⑧埼玉（さいたま）の
⑨神（神奈川）様の横（横浜）に捧《きき》げる
　同じは１つ千葉よ
　☆関東は六《ろく》、ろくろっ首とおぼえよう
⑩中部さん（3）石川は金（金沢）を取り
⑪山梨は甲（甲府）を取り「えらいねえ！」
⑫おわり名古屋の愛知県よし！
　☆よしのしが滋賀県のしに続くよ
⑬近畿さん（3）滋賀は大きい津（大津）で
⑭三重はただの津
⑮兵庫には神様の戸（神戸）
　☆中部と近畿をさんづけで呼んだのは３あるから○○さんとした
⑯中国は１つだけ（1）島根は松江
⑰四国なのに２つ（2）瀬戸内海側の香川（高松）と
⑱愛媛の松山
　☆高い松山があるのよ
⑲九州もたった１つ（1）沖縄の那覇
　☆全部合わせて 19。九かん鳥の九助！

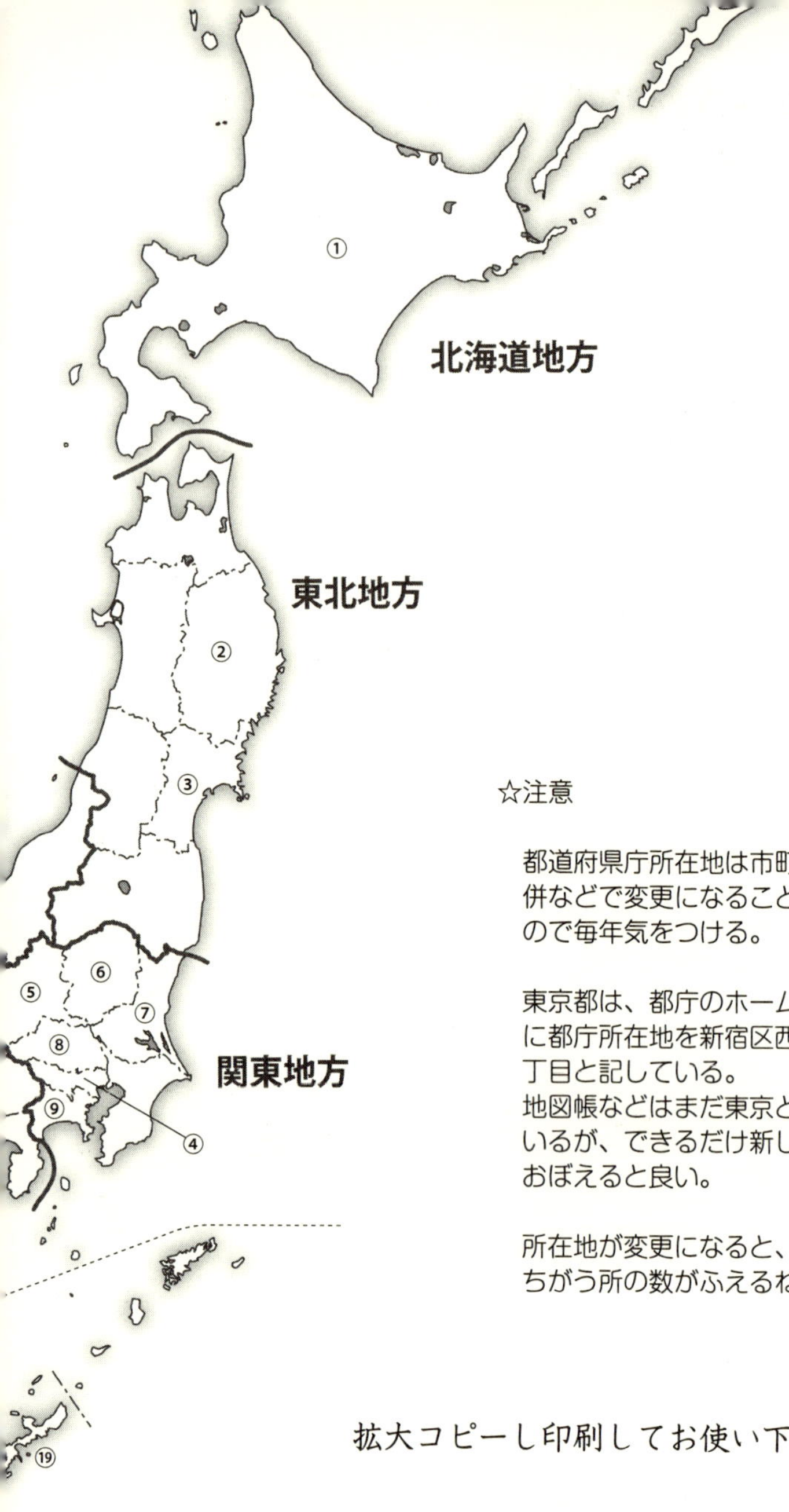

☆注意

都道府県庁所在地は市町村の合併などで変更になることがあるので毎年気をつける。

東京都は、都庁のホームページに都庁所在地を新宿区西新宿２丁目と記している。
地図帳などはまだ東京となっているが、できるだけ新しいのをおぼえると良い。

所在地が変更になると、県名とちがう所の数がふえるね。

拡大コピーし印刷してお使い下さい。

「都道府県庁所在地名」をおぼえよう！　のテストだよ！

4年　組　番　名前（

下の地図の番号に合う
都道府県庁所在地名を□に書きましょう
● 19しかないから簡単だね。

①	
②	
③	
④	
⑤	
⑥	
⑦	
⑧	
⑨	
⑩	

⑪	
⑫	
⑬	
⑭	
⑮	
⑯	
⑰	
⑱	
⑲	

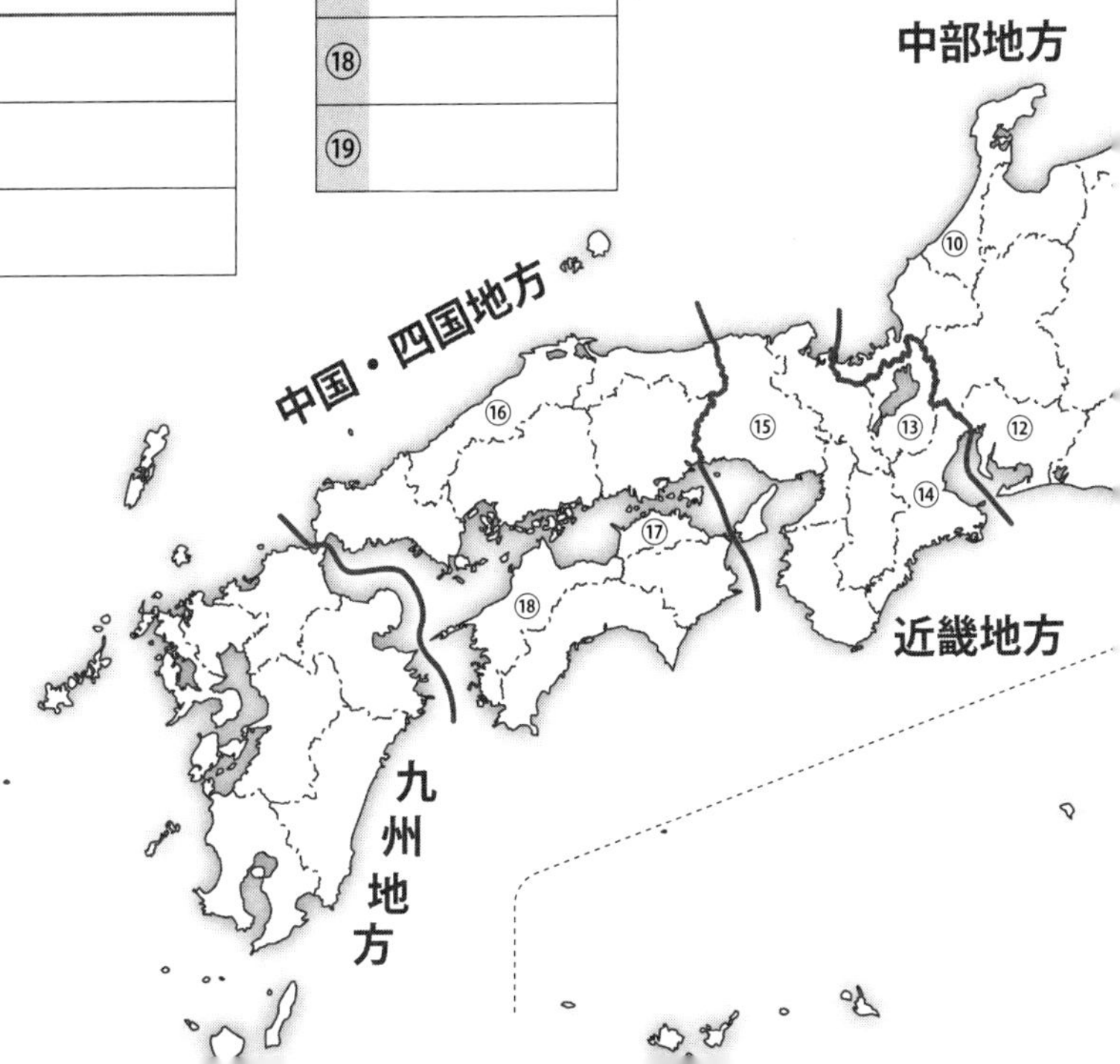

「ねえ、みなさん、いいでしょ」

「なんで九助なの？」

「ほら、暗唱するとき、十九言えたかなって数えるでしょ。あれ、いくつだったたっけ？　って分かんなくなっちゃったというとき、九かん鳥の九助と言ってると、十九ってすぐ分かるでしょ」

「そうかあ、九かん鳥の九助かあ、いいねえ」

「十九の九助って言うのもいいね」

「そうだねえ、アハハハ」

「いいねえ、アハハハ」

楽しい話題になっていったのは、やっぱり家の人たちだった。

「お姉ちゃんにあげるから、おぼえ歌の紙ちょうだい！　いっぱいね」

「県庁所在地テストの紙もちょうだい！　みんなにテストしちゃうんだから！」

「面白いよねえ！」

またまた、私は一生懸命印刷をした。

○お別れ学級会の相談

職員室に戻ると、理科主任の先生に声をかけられた。

「中村先生、四年の子が理科室を借りたいって言ってきたんだよ。例のあのうるさい花山君なんだけどさ、お別れ会の出し物の練習をしたいんだってさ」

「あ、すみません。ご迷惑じゃないですか」

「ああ、大丈夫ですよ。すみっこにかたまってせりふの練習してるみたいですから」

「ありがとうございます」

「あ、そう言えば、中村先生、花山はこの頃うるさくなくなったね」

「そうそう、全然出歩かなくなったよね」

「そうだね、どこにいるか分かんないね」

ひとしきり、花山君のことが話題になる。そういえば、花山君に手がかからなくなっていたのだ。忙しくて気が付かなかった。

「花山君って勉強がよくできるんです」

「へええ」

「今ですね、花山君は、自分の漢字と計算のドリルが終わっちゃって、今度はみんなのドリルの丸付けを頼まれて、机の上にドリルが積み重なっているんです。だから、そっちが忙しくて出歩いてなんかいられないんですよ」

「ほう、そうかい、それはよかった。ハハハ」

「ほんと、よかったね、ハハハ」

私は四年一組の教室の廊下を挟んで向かい側にある、理科室をのぞきに行った。誰もいなかったが、奥の隅に段ボールの箱が置いてあって、「四の一花山」と書いた紙が貼ってあった。

フム、何かやっているな。

花山君が進歩しているのがうれしかった。

第五章　学級会

○木村君、負けるな！

時間割に入っている学級会という時間は、子どもたちの生活問題が主で、教科の時間ではないから、ついつぶされてしまうことが多い。私もほかの教科の時間にして、つぶしてきてしまったが、今週はやることにした。

三学期は、学校に残す学籍簿という書類に、子どもたちの生活態度を書き込まなければならない。子どもたちのことを知っておくことが、必要なのだった。五時間授業の五時間目。その日の日直が、学級会の司会をやった。

「何か話し合う問題がありますか?」

「あのう、木村君と川田君が、きのうから喧嘩《けんか》しているんですけど」

「そうそう、やり合ってるよね」

「何があったんですか、木村君！」

指名された木村君は、川田君のほうをちらちらと見るだけで何も言わない。

「じゃあ、川田君、何があったんですか?」

「きょう、木村君が昼掃除のとき、ほうきとか雑巾を投げてくるんです」

木村君の目がうるんでいる。

「木村君、本当ですか。なんでそんなことしたんですか」

木村君は立ち上がった。

「あの、昨日だけじゃないんだけど……川田たちが、僕のこと……ワカメ屋ワカメ屋って冷やかして、からかうんだもの」

木村君の声が少し涙声だった。木村君は友達と口げんかはするけれど、ちょっと気の弱そうなところもある子だった。

川田君は大分不満らしい。

「木村は、僕らがちょっと掃除の時間に遅《おく》れただけなのに、文句言うんだもの。班長だからってさ、いばってるんだよ、なあっ」

「いばってなんかいないよ」

「はいはい、私たちにも言わせて!」

女の子にも言い分があるらしい。

「川田君たちはいっつも遅《おく》れるんだよ。私たちだって注意してるんだから」

私は、黙ってみんなの話を聞いていた。それから木村君に向かってじっと見た。

「はい。先生にも言わせてね。ねえ、木村君、なんでメソメソしてるの、そんな弱々しくしてちゃ、だめじゃないの？」

「えー、先生！　先生は川田君のほうを怒らないの？」

「ええ、川田君にも注意しますけど、この問題は、木村君がしっかりしなければ、いつまでたっても解決がつかんのよ」

「へええ、どうして？」

「みんなもよく聞いて、みんなはもう知っていると思うけど、人間の体って何が大もとでできていると思う？」

「………？」

みんなは、けげんな顔をした。

「骨でできてるでしょ」

「そういうことか？　それが、木村とどういう関係があるんだよ？」

「みんなはワカメに、骨の元になるカルシウムがいっぱい含まれているって、よく知ってるよね」

「うんうん、知ってる、知ってる」

「カルシウムは人間にとって、ものすごく大切な栄養素なんだよ。そもそも地球上に人類が現れたのって、六百万年とか七百万年も前のことって言われてるでしょ。立派な構造の背骨を持ち、立ち上がって二本足で歩くようになって、人類が誕生したんだよ。それは、みんな立派な骨があったおかげなのよ」

「ふーん、そうなの？」

「その大事な骨を作ってきたのがカルシウムなのよ。これからの人類にとっても、大事な食べ物なのよ。そんなすばらしい食べ物を売っているのに、ワカメ屋、ワカメ屋ってからかわれて、やだなんて思うのがいけないのよ」

私は、木村君の顔をじっと見た。

「木村君のお父さんとお母さんは、人類にとってこんなすばらしい物を売っていてすごいんだよ。どうだ、僕んちのワカメ屋ってすごいだろうって思うんです。ちっともひけめになんか思うんじゃない。木村君、分かったの」

「う、うん。ふーん、僕んちってそうなの」

「でもさ!」

川田君が手をあげて立ち上がった。

「でもさ! 僕んちの近所の人がさ、木村んちは、お父さんとお母さんがワカメの行商してるって言ってるんだもの」

「ハイ、先生に大事なこと言わせてね。みんなは、行商って知ってるの? ワカメを持って売りに行くことよ。店で売ったたって、持って行って売ったたって、どちらも一生懸命働いて生計を立ててるじゃないの。立派に働いている人のこと、からかうんじゃないの。ね、川田君! 一生懸命働いている人をからかうなんて失礼よ! そんなこと言うんじゃないって近所の人に言ってあげなさい。一生懸命働いて子どもを育てている人は偉いんだって。特に人類全体だけじゃなく、いろんな生き物の骨を作っている、カルシウムのたくさん入ってるワカメを売ってるなんて、すばらしいことなんだって。学校の先生が言ってたよって話してあげなさい!」

私の言葉がふるえていた。

「は、はい」

川田君は、びっくりしてあわてて返事をした。

「そして、木村君も家へ帰ったら、今日の話をちゃんとしてあげなさいよ。お父さんとお母さんにも、自信を持って商売していただくのよ」

木村君は、泣きそうな顔をしながらも何回も何回もうなずいていた。

司会はなんと言ってよいか考えていたようだったが、

「川田君たちは掃除の時間に遅《おく》れないようにしてください。掃除をサボったら、教室の廊下全部を雑巾で拭くことになっていますから、今度遅《おく》れたらやってもらいます」

と言って、この件を終わりにした。

廊下全部を雑巾で拭くなんて、四年一組には、すごい罰則があるんだ！　私はびっくりしたが、川田君にはそれぐらいやらせてもよいかもと思った。

○「マラソン大会」で自分のタイムを上げよう

授業時間でまったく削らなかったのは、唯一、体育の授業であった。体育の授業時間を減らしたら、子どもたちがこちらの言うことを聞かなくなる。自分から進んでやるのと、私に言われていやいややるのでは、結果がまったく違うから、できるだけ自分から進んで学習できるようにしたい。そうしないと、四年生の勉強を終わらせることはできない。そのためには子どもたちの好きな体育の授業は削《けず》れないのだ。

三学期は、マラソンをやるのだそうだ。マラソン週間というのが二週間あって、その間は朝の練習をやるそうで、朝自習の時間がなくなってしまった。仕方がない。みんなには悪いけれど、プリントは宿題でやってもらおう。

みんな、朝練をやってる。やってる。

去年、三年生のときは女子が強くて、村田さんが一位をとったそうだ。

「へえーすごいねえ。村田さんは作文を書くのが得意で、マラソンも得意だから文武両道だねえ」

村田さんの作文がいいのは言葉が独特だからだ。

『今朝は、寒い。

頭の中がキリキリするほど寒い。

私はこういう寒さに弱いのだ』

などという文章が書ける。いいセンスしていると私は思うが、ちょっと大人びている感じの女子だ。

マラソンの練習も、ただ、なんとなくやるんじゃなくて、意欲を持ってやれるようにしてやりたいね。そうすれば、いろいろなことに意欲的に取り組む力がつくよね……と私は考えていた。そうすれば一人ひとりの良いところが見つかって、学籍簿に長所が書き込める。


「ねえ、先生、もうすぐマラソン大会だけどね」

と親しく話しかけてくるのは、高橋由美子ちゃんだ。あまり友達と話をしないで担任の私のところには、よく話しに来るのだった。

「あのね、先生。四年の女子で一番速いのは村田さんなんだけど、今年も優勝するんじゃないのかな」

「そうだね。優勝できるといいね」

私の悪いくせは、すぐ自分のことのように(優勝できるといいな)と思ってしまうことなのだ。

「タイム計ってあげよう。由美子ちゃん、名簿に書き込んで」

「うん、いいよ」

「初めに三年のときのタイムを書いて、次に四年になってからのタイムを書いて比べるのよ」

由美子ちゃんは、私に言われて、三年のときのマラソンのタイムをみんなに聞いて、書き込んでいた。

「先生ね」

「なーに?」

おしゃべりな女の子が私に言いに来る。

「あのね、由美子ちゃんはね、お母さんに、『東大に行きなさい』って言われてて、一生懸命勉強してるんだよ」

「かわいそうなんだよ由美子ちゃんは。塾に行ってて遊ぶ暇《ひま》ないんだよ。家へ帰ったら五時から塾で、塾が終わると家でお母さんとの勉強が待ってるんだから」

「ふーん、たいへんなんだねえ」

由美子ちゃんに聞く機会があった。

「私が一人っ子だから、弁護士してるお父さんの跡継ぐために、お母さんがどうしても東大に行けって言うんです」

今からこんな具合にしばられて勉強をするのもたいへんだ。しかし、親が将来、子どもが安定した暮らしをするようにと願ってのことなんだろうから、仕方がないかもなあ、私が責任を持てるわけでもないし。でも、それで由美子ちゃんは満足だろうか？

「由美子ちゃんは、自分がやりたいことってないの？」

「ええと、小さいときは、親戚の人からお父さんみたいに弁護士になるんだってねって言われていたので、そのつもりしてたんだけど。学校に入ったら友達が学校の先生や看護師さんや、パティシエになるなんて言うから、私もいろいろなりたいものがあってね。学校の先生になるって言ってね、ハハハ……お母さんを困らせちゃったんだ」

「そうだったのね」

「そしたら、四年生になってお父さんに塾へ行きなさいって言われちゃったの。レールに乗せられてるって思ってるんです。私」

「ほう、そうなんだ」

「一人っ子ってなかなか親に逆らえないんです」

由美子ちゃんは下を向いて黙ってしまった。

「由美子ちゃんもなりたいものってあるんでしょ?」

「うん、でもね……先生黙っていてね。私、本当は、本が好きだから小説家になりたいんです」

「なんだ、大丈夫だよ。弁護士やりながら小説書けばいいじゃない」

「ええー、そんなことできるの?」

「やってみればいいじゃない。初めからできないって決めなくったっていいでしょ? もし私だったら、弁護士の男の人を見つけて結婚してお父さんの跡を二人で継ぐでしょ。私は、弁護士と主婦と作家をやって、だんだん作家の仕事増やしちゃうなあ、アハハハ」

「そんなに簡単に言わないでください。弁護士じゃない人を好きになっちゃったりするかもしれないし」

「そうかもね、ハハハ」

「ハハハ、おかしい」

「いずれにしても、小説家希望は諦めてはだめよ。そのためにはね、もっと暇《ひま》をつくって、友達と一緒に過ごすのよ。そして、人がどういうときに喜ぶとか悲しむとか、そういう感情の機微をようく観察しとかなくっちゃね」

「そうだね先生、ありがと。諦めないよ」

「そうそう」

「村田さんたちと遊んで来るね」

「うん、そうしなさい」

由美子ちゃんは走って行った。

○タイムトライアル

次の日の教室。私は、

「マラソン大会が近づいてきましたね」

と、ぐるっと見回す。

「さてと。マラソンは、心臓の強い人や弱い人がいて、得意な人と得意じゃない人がいるんですが、もちろんタイムがよくて優勝したり、上位に入ったりした人は偉いよね。でもね。タイムって努力すれば上がるんだから、先生は、自分のタイムをよくした人が偉いと思うんだね」

四年一組のみんなは、ゆっくりうなずいた。

「それで昨日、三年生のときのタイムを由美子さんに調べてもらったので、大会が終わったら、三年のときより誰が一番タイムを上げることができたか、発表しようと思うのよ」

「へええ」

「ふーん、そういうこともあるのか」

「みなさん、そういうわけだから、今日からがんばって練習してくださいね」

まだ実感の湧かない子どもたちの顔に向かって言う。

「朝起きてから、どうでもいいテレビなんか見てないで、家の周りを五分でも十分でも走るといいのよ。毎朝十分早く起きるだけでタイムよくなるのよ。やってみてね」

「うーん、やるやる!」

「ええー、やるの?」

元気にやる気のある子、もたもたしてる子、いろいろだけれども、少しずつ盛り上がってきそうだと私は期待していた。

案の定、三年生のとき自分は何秒だの、誰それは何秒だのと大騒ぎして、由美子ちゃんの手から名簿を奪い合う始末になった。

「ハイハイ、静かに！　さてと、そこで！　今日からみんなのタイムをとってあげますよ」

「ワーイ！」

大歓声だ。のってるなあ、これならもたもたしてやる気のなかった子も、すっかりはまってしまうだろう。私はつい、ニヤニヤしてしまう。

「あのね、よく聞いてね。百メートル走が速いからって、マラソンが速いとは限らないのよ」

「分かってる、分かってる」

「四年生は二キロメートルだから、完走するには、力の配分を考えなくちゃあならないのよ。初め速く走り過ぎたら、後半遅くなって後から来た人に、どんどん追い抜かれちゃうからね」

「分かってるよ！」

「分かってるのにね、ごめんなさい。ただね、私が許せないのは『誰ちゃんが遅《おそ》いから一緒に走ってあげてるの』とか、仲良し三人組とか言って手をつないでタラタラ不真面目に走ってる子なんですよ。一人ひとり自分のペースを守って走ってもらいたい」

「いるいる！　このクラスにもいるよ」

「でもね、先生、そういうのって女子だよ」

なんだかんだとクラス中で言い合っている。

「静かに！　とにかくマラソン大会は毎年やることになってるし、マラソンにもやる目的があるんですね。健康のためとか、なにかをがんばる力、やり切る力をつけるなどです」

みんな、もういいよという顔をしながら、なんとなくニコニコとうなずいている。

クラス全員四十人のタイムをとるなんてすごくたいへんなのだけれど、なんと、走っていた子がゴールしたときに、

「カチッ」

と押すとタイムが記録される、とても便利なタイムを計る道具があるのだ。それを、カチカチ鳴らし、子どもには順番を教えてあげれば、誰が何秒かすぐ分かるのだ。

すばらしい！

「よし。やるぞ！」

とうとう体育の時間がきた。

「さあ、速く走れる人は最初からどんどん行ってください。まあまあの人は、初め普通に行って、後から追い上げてね。遅《おそ》い人はゆっくり行ってもいいけど、最後は追い上げるのよ。そして、前の人に追い付くのよ。それからみんな絶対に歩かない。ゆっくりでもいいから走ってるのよ。歩くとタイムが落ちるからね」

四年生は、はじめ校庭を一周してから、学校の外に出て、学校の外を二回走るのだ。

「校長先生、四年一組、マラソンで学校の外を走って来ます」

「車に気をつけてください」

「はーい」

学校の東側の道はたまにしか車は通らないけれど、学童誘導員（以前は、「みどりのおばさん」と呼ばれていたこともある）にお願いして、誘導をしていただいた。

みんな真剣だ。スタートラインに並ぶときから「私が一番前だ」「俺だ」と言ってもめている。

「あっ、ごめん私が悪かった。並ぶ順番を決めておかなかったね。マラソンレースはタイムの速い人から並ぶんだった」

私は由美子ちゃんから名簿をもらって、

「さあ、女子が先に走るから、三年のときのタイムが速かった順に並んで！」

「えーっ」

「そんなー」

「くじ引きがいいよ」

ワイワイガヤガヤ、盛り上がっている。私は、

「オリンピックだって、それまでの公式タイムの速い人の順なんだから！」

などと、多少あやふやでも、ここはなんとか収めなきゃと考えて大声で言って、女子のみんなを並ばせた。

ようやく、場所が決まって、

「ヨーイ、ドンッ」

で、女子が走り出した。

「オーッ」

と、男子が歓声を上げる。私は、すごい盛り上がりだなと思った。みんながこんなに張り切ってくれるとは思わなかった。だが、一人ひとりが自分の記録を伸ばそうと、真剣に取り組んでくれるのがうれしかった。

そうこうしているうちに、今まで由美子ちゃんがやってくれていた記録書き込みは、なんといつの間にか、

「僕たちにやらせろ、僕たち体育係なんだから」

と、男子たちの手に渡っていた。その熱心なこと。男子は名簿を囲んで、誰が三年のとき一番だったとか大騒ぎして、並ぶ順番を決めているのだ。

「一列に五人並ぶよね。男子は十九人だから……」

「四列に並べばいいんだよ！」

私は、その生き生きしたみんなの顔を見て、心からうれしくなった。

「ねえ、みんな、女の子の応援してくれなくちゃ！」

「ワーイ、そうだ」

校庭を一周して西門から外に出た女子は、学校の塀《へい》に沿って走り、次にご近所の家の横を走り、二つ目の角を左に曲がって行く。ちなみに一つ目の角は一、二年生が曲がる所だ。二つ目を通り越して、ずっと先の三つ目の角は五、六年生の曲がり角になっているのだ。このようにして、学校の外を二周回ってから、また校庭に戻ってゴールすることになっていた。

その一周目の先頭が、いよいよ西門に差しかかるところだった。

「がんばれえ、あと一周して、校庭に入ればゴールだよ」

やっぱり、村田さんが先頭でやって来る。

「がんばれえ、最後まで力抜くな！」

「行けー行け！」

「やっぱ、村田はすげえなあ」

「それ行け！」

「歩くな。ちょっとでも走れ！」

最後のほうを走っているのは、やはり太っている子どもたちだった。そして、二周目を走り、一位でゴールしたのが村田さんだった。

「やったね。偉い！」

私は、タイム計測器をカチカチやりながら声をかけた。

「ファイト！　ファイト！」

「がんばれー　がんばれー」

男子たちの大声がすると思ったら、なんと女子の最後の子を大勢で応援しながら、一緒に走っているのだった。

　私は、胸がジーンとしてしまった。なんていい子どもたちなんだろう！　こういう子どもたちに巡り合えてよかった。

　ようやく最後の子がゴールした。拍手と大歓声で、最後の子は恥ずかしそうだった。

　すると、もう自分のタイムがどのくらいであったか、みんな知りたがって大騒ぎして、私の持っているタイム計測器に飛びつくのだった。

「待って！　待って！」

　私はタイム計測器から飛び出している紙を両手にしっかり握った。

「並んで！　並んで！　一番から順番に並んだら、この紙に名前書いてあげるからね」

　ようやく女子の名前書きが終わって、男子が走るときは、もうたいへんな盛り上がりで、女子が大声を張り上げていた。

「がんばれ！」

「最後まで行け！」

　とうとう、男子が走ってゴールして来た。速い！　男子は速い！　私は、一人ひとりに、

「よくやった！」

「よくがんばった！」

と大声をかけていた。道のほうをよく見ると、村田さんが先頭になり、何人もの女子が一緒に大声で応援している。特に最後のほうを走っている男子を、後ろから応援しているのだ。

「よかった」

私の胸が熱くなった。誰のタイムが一番上がったか、名簿に書き込んでいる私の周りは、蜂の巣をつついたような騒ぎだった。


翌日、職員室で、「誰かが土手を走ってる」と、先生たちが話している。なかなかやりおるわい。誰だろう……と思ったら、なんと四年一組の川田君だった。お父さんが町会の役員なので、けっこういばっていた子だが、彼はどうして一念発起したのだろう？

教室へ行ってみたら、

「僕もやるー」

木村君が叫んでいた。そうだワカメ屋なんて言われるのを悩んでいる暇《ひま》はないぞ。どうやらほかにも走る子がいるらしい。その後、土手マラソンは四年二組にも飛び火したらしく、四年生が何人も走っているようだった。

「よく走ってるそうで、いいことですよ」

他の学年の先生も感心してくれた。

「ええ、車には十分気をつけるように言ってるんですが」

「ああ、それがいい、それがいい」

○**作文の話**

子どもたちに「作文を書くように」と言って、原稿用紙を渡す。すると一時間過ぎても一行も書けない子がいる。少し書けていても、内容がないこともある。

私は、このクラスはどうかなと思って、『昨日のこと』という題で、簡単な日記を書かせた。

「えー、なんで作文なの？　書くことないよ」

などと言っている子はあやしい。

このクラスでは、なんとか書けている子がほとんどだったが、「夕ご飯食べて、テレビを見た」という、形だけの作文が多い。どういうテレビを見て、中身がどうで、どう思ったかと書ければ作文は生き生きしてくるのだ。

私は、作文の題には、『遠足』をよくテーマに使うのだが、今回は『マラソン大会』にした。

いい作文とは、どういうものを言うのだろうか？　私はときどき考える。「他人が読んだとき『うまいね』と言われる作文がいい」と、つい考えてしまうが、いつだったか子どもに言われた。

「先生、作文は人に読ませるために書くの？　僕は自分がおぼえておきたいから書くんだけど……だから、うまくなくてもいいんだよね」

うーん、そうかあ。作文は苦手だと思っているから、そんな言い訳めいたことを言うのに違いないのだ。やはり誰だって「作文がうまく書けるね」と言われれば、うれしいに違いない。

書いているときも、後から読んでも、わくわくするような生き生きした作文がいい。やっぱり他人が感動して、「うーん」となるような作文が書きたいよねー。

よし！　書き出しの一行目からわくわくさせよう！『いよいよマラソン大会の日がやって来ました。待ちに待った日です』なんて書くと、わくわくするね。

でも、全員がこんな書き出しでは困る。

なんと言っても、自分しか書けないような秘密のことを書いて、読んだ人をびっくりさせなくちゃ、生き生きした作文にならないもの。私はみんなに無理なことを要求しているのかもしれない？　でも、さあ！　一生懸命考えよう。

私は翌日、

「図書室に行って、いろいろな本の書き出しを見て、自分はこれがいいと思うのを探しましょう」

と、みんなを図書室に連れて行った。いつもは、絵だけ見てページをめくっている子が、幾冊も本を抱えて見ている。本棚の前に座り込んで、次々と本を引っぱり出して真剣に見ている子もいる。

あらかじめ、気に入った書き出しの文をノートに書くことになっているので、本の題名と書き出しをノートに写している。

教室に帰ってから聞いてみると、

「教えたくない」

　と言う子がたくさんいる。

「そうだよね。自分の作文に書きたいものね」

「先生、僕はね、マラソン大会は遠足みたいに待ちに待ったという気はしないの。僕は走るの苦手だし、タイムも速くないし。練習してもタイム、あまり良くならないし。『とうとうマラソン大会の日が来てしまった』っていう書き出しになっちゃうんだよ」

「やあ、いいねえ。人間はね、誰だって得手不得手があるのよ。マラソンが速くなくても、あなたは作文が上手に書けそうじゃないの。それでいいのよ」

「ええっ、そうなの?」

「うん、そうなのよ。これは作文の勉強なんだから、苦しい練習やマラソン大会のことが生き生き書ければいいのよ。マラソンというのはタイムもいいけど、最後まで走りきったという完走の喜びがあるのよ。マラソンを通して、心の悩みや苦しみを感動的に書けたら、きっといい作文になるわね」

　なんとなくクラス中がホワッとした雰囲気に包まれてしまい、みんな勝手にフムフムうなずいていた。

いよいよ作文の書き方が始まった。私はマラソン大会の一週間ぐらい前に、メモ書きのプリントを配っておいた。

一、題名
二、書き出しの文
三、練習について
①三年のときのタイム
②練習でタイムはどうなったか
③どんな練習をしたか
四、いよいよ、当日
朝起きたとき天気を見る。
五、家の人が自分に何と声をかけてくれたか。
今日はマラソンの日で、家の人が見に来るかどうか、誰とどんな話をしたか。
六、学校
学校に来たときのみんなの様子

二時間目は低学年
三時間目は中学年
四時間目は高学年だったが、みんなの様子はどうだったか。誰とどんな話をしたか。

七、いよいよ三時間目
①初めどういうことをしたか
②みんなの様子、友達との会話
③自分の気持ち
④走るとき、スタートからゴールまで
⑤走り終わったとき
八、まわりの人や友達、先生、家の人がどんな言葉をかけてくれたか。
九、自分の感想（誰も知らない自分だけの悩み、苦しみ、喜びなど心をこめて書くと自分だけの文章になり、いい作文になるので、ここをしっかり書くといい）

このメモ用紙を渡してから、どんなメモが書けるか想像させた。
二の書き出しの文は、一行目を読んだだけで、その人の心を引き付けるのがいい。

『待ちに待ったマラソンの日になった』

こういう書き出しは、ワクワクした気持ちが、すぐ盛り上がってくるから、とてもいい。でも、みんながこれを使うわけにはいかない。

しかし、書きたい人は書けばいいと思う。誰のが一番よく合っているか、見るのも楽しい。

三から順番に読ませて、いろいろなことを注意した。特に、五のマラソン大会の日の朝、家の人がどんな声をかけてくれるか、よく聞いておくことなどだった。

「みんな、いい作文書きたいよね？」

「うんうん、書きたい」

「そしたらね。このメモをしっかり頭に入れといて、周りをよーく見ておくのよ。そして、誰がどんなことをしたか、どんなことを言ったか、よく覚えておくのよ。そのとき自分はどんなことを思ったか、考えたか、それを心にしっかりとどめておく。それを素直に文章にすれば、たちまちいい作文になる！」

「うーん、そうかねえ」

「うまくいくかなあ」

みんなはブツブツ言っている。

「ハイッ、大丈夫ですよ。うまくいきますよ！」

私は、さっそく、今日の課題を始めた。

「では、始めます。まず、今日の宿題です」

「宿題がでるの？」

「そうよ。いい作文書きたいよね？」

すぐ意地悪く聞く私だった。

「いいですか。今日家へ帰ったとき、家の人で誰がどういう言葉をかけてくれたか、書いてきてください」

「家に誰も居ないもん！」

「じゃあ、誰か帰って来たとき、自分がどんな言葉をかけて、どんな話をしたかを書く」

もう一人、手を上げている男子がいる。

「はい、どうぞ」

「僕が帰ったとき、誰も何も言わなかったらどうする？」

「自分から、何か声をかけてね」

「それでも、言わないときは？」

相当な反抗期だな。私の心は少しイライラした。でも、ここで怒ってはいけない。この子は、家でかまってもらえない分、私にかまってもらいたがっているのだ。

「自分から、話しかけてみるってことにしようね。いいでしょ」

反抗期の弘道君は、私をじっと見て、ようやくうなずいた。


翌日、宿題は結構うまく書けている子が多くて私を安心させてくれた。よかった！


マラソン大会はどんどん近づいてくる。

「ねえ先生、またタイムとって！」

「うん、いいね」

「早くとって！」

「よし！　次の体育の時間にやろう！」

「ワーイ、がんばるぞう」

意気が上がってきた。よかったね。

こうしてタイムを計ってやったので、みんながやる気を出して、マラソンに集中していた。土手マラソンも順調に進んでいるようだ。

いよいよマラソンの日がやって来た。昨日、作文のメモをよく見させて、

「ちゃんと周りをよく気をつけてね」

と言っておいたから、四年一組の子どもたちは目や耳がするどくなっているはず。

朝から二時間目まで落ち着かない時間を過ごしてから、みんな身支度をした。

三時間目になった。校庭に集まった三、四年生に、体育主任の先生が、走るときの諸注意を話してくれた。

まず、三年生が走った。四年生は、校庭に並んで三年生の走るのを見ている。三年生の先頭が西門から入って来ると大歓声で応援している。

「がんばれ！」

みんな絶叫している。みんな興奮しており、跳ねている子もたくさんいる。

とうとう、四年生だ！

「ハイッ、並んで！」

私は二組の先生と協力して、子どもたちを並ばせた。

「ね、練習のとおりタイムを上げるのよ！　周りをよく見てしっかり覚えておくのよ！」

私は矢つぎばやに大声で言った。

「私はここで、みんなのタイムとってるからね」

「先生！　まかせといて！」

「がんばってくるよ！」

今日は、大勢の人たちが応援に来ていた。その中を女子が、係の先生のピストルの合図で走った。先頭が村田さんで、二周走って校庭に入るころには、道いっぱいに歓声が上がっていた。

予想通り村田さんは一位だった。

「よかったね！」

私は、カチッと鳴らしながら、声をかけてやった。次は二組の子だった。次も二組だ。やっと一組の佳代ちゃんがやって来た。

「がんばれー」

私は思わず手を振って応援してしまった。なおも、女子が飛び込んでくる。私は、間違いのないように、必死にカチカチと鳴らしていた。二組の先生は番号を書いた紙を子どもたちに渡しながら、注意している。

「ちゃんと並んで！」

走り終わった女子は、みんなへたり込んで並んで坐っていた。校庭には、男子たちの応援の声が、大きく響いている。とうとう最後の子がやって来た。大きな拍手がわいている。

私は、最後のカチッを鳴らして、両手を上げた。女子がいっせいに近寄って来た。

「見せて！　見せて！」

「はい、はい！　男子が終わったらゆっくり教えてあげるから、男子を応援して！」

「ハーイ」

私は、村田さんをつかまえて言った。

「一位おめでとう。よかったね」

周りのみんなも拍手をして喜んでやったが、村田さんはにこりともしないで、うなずいていただけだった。みんな、

「私ね、絶対タイム上がったと思うよ」

「私も、うーんとよくなったと思う！」

と言い合いながら、男子の応援に行った。男子は緊張して並んでいた。

「先生、今日は家の人が見てたから、女子はみんな真面目に走っていたね」

男子が笑いながら言う。

「ほんとだよ」

「男子だってそうなるわよ！」

「俺たちはいつだって真面目さ、ハハハ」

そう言っている間に、男子もピストルの音で走って行った。女子は順位番号の書いてある紙を見せ合いながら、

「がんばれ！」

と、男子を応援していた。私は、ゴールの線の所で待ちかまえていた。

先頭が入って来る西門が近くに見えるので、

「最後、追い上げてぇ！」

私は、大声で叫んでいた。しかし、二周目をトップで来て、西門に入って来たのは、二組の子であった。でも次に迫って来たのは川田君だった。

「川田！　川田！」

女子が絶叫している。

「追いつけ！」

「追い越せ！」

あっという間に、川田君が走ってきたと思ったら、すぐ後を木村君が走ってきたので驚いた。

「木村！　木村！　がんばれ！」

女子の応援が大きく聞こえている。

二組の子がトップでゴールした。続いて川田君、木村君がゴールした。川田君たちは並ぶ所に倒れ込んでいた。私は二人に向かって叫んだ。

「よくがんばったね。偉いよ！」

次々と男子がゴールした。私はしっかりとカチカチ鳴らした。そして、みんなに、

「よくがんばったね！」

と声をかけていた。男子のほうが女子より早く終わったように感じた。

（花山君はおそかったね）

と思いながら、最後のカチッを鳴らした。

「終わったあ！」

私は、飛び跳ねてしまった。子どもたちが駆け寄ってきて、大騒ぎだった。

「何番目は何秒？」

「教えて！」

「教室に帰ったらすぐ教えるからね」

みんなが、こんなに集中してくれてよかった。私はつい、ニコニコしてしまうのだった。

こうして、四年生のマラソン大会は終わった。私は教室へ帰る途中で、川田君を見つけて言った。

「よくがんばったね。練習の成果があったねえ」

「うん、先生。僕ね二番になったの初めてなんだよ」

「そうなのね」

私はうなずいた。となりに木村君がいた。

「先生、僕もね三番になったのなんか、初めてなんだよ。川田は速いから付いて行ってやろうって思って、必死に付いてきたらこんなに速くなったんだよ」

「僕はね。実は、木村に追いつかれたらどうしようって思って走っていたんだ。来年はもっと練習してトップを目指そうと思うんだよ」

「僕は、来年も川田に付いて行くよ！」

「うわあ、怖《こ》えー、ウハハハハ」

「行くぞう、ワハハハ」

川田君が走って逃げて行くのを木村君が追って行った。

「なんだか、いい作文が書けそうだね。二人とも」

いつの間にか二人は仲良くなっているみたいだと思って、私はうれしかった。

「あら、花山君！　あなた速いほうじゃなかったわね」

「うん、ぼかあ、体育は苦手のほうで……」

「そうだったのね」

花山君は走って行ってしまった。

二組の先生は番号札に子どもの名前を書かせて集めておいてくれた。さっそくそれにタイムを書き込んで、私たちはそれぞれの教室に行った。そして、子どもたちにタイムを教えてやったのだ。

「やったー」

「上がったー」

　みんな三年のときのと比べている。僕は何秒いくつだ。私は何秒だと言い合っている。

　木村君が私のところへ駆け寄って来た。

「先生、先生！　僕、二分三十秒も上がった」

「すごいね！」

「川田に付いて行って、こんなに上がった」

「よかったね！」

　また教えに来てくれたのは、石田君だった。

「僕ねえ、二分四十秒上がったよ」

「すごい！　すごいね！」

「木村君より上がってる！」

　周りにいた子どもたちが拍手した。

「石田君も土手マラソンしたんだよ」

「うん、僕また明日からも続けるんだ！」

「へええ。偉いねえ」

結局、男子で一番は石田君だった。二番が木村君。女子の一番は、なんと由美子ちゃんだった。

「あのー、なんか気合いが入ったみたいで二分十秒も上がりました。ウフフ」

由美子ちゃんは恥ずかしそうに笑った。

「みなさん、本気でがんばれば、成果が上がるってこと、今日実感しましたよね。本当によかった。特に土手マラソンで努力を続けた人が、すばらしかったです。今日のことを忘れないでください」

帰りに私は、子どもたちに念をおした。

「明日、マラソン大会の作文メモやりますから、今日あったことを忘れないようにしといてください。みんないい作文が書けそうですね」

それから、放課後、作文の個別指導をしたほうがよいと思われる子を三人残した。

弘道君もいた。

「マラソン大会のメモを出してね」

「え、明日やるんじゃないの?」

「そうなんだけど、あなたたちは今日やっておくのよ」

どうして？　という顔をしている弘道君にかまわず、私はメモ書きを始めた。

「まず題名だけど、何にする？」

「僕ね、クラスで一番タイムが上がったのは僕だった、にしようと思ってるんだ」

「石田君、それはいいねえ。タイムをどうやって一番上げることができたのか、だれもが知りたがってるから、いい文になります」

「僕は、がんばったマラソン大会ってするんだ」

「鬼沢君、それもいいね。気持ちがあらわれてるよ。弘道君は？」

「うーん、僕まだ考えてない」

「そうか。題は明日また考えようね。次の書き出しはどう？　石田君」

「はい、僕は、今年はもっと走る力をつけたいと思っていました。川田君たちが土手を走ると言うので僕もすぐ一緒に走ったって書きたいんです」

「石田！　すごいじゃないか！」

鬼沢君が感心した。

「ほんとね、いいよね。いいのが書けるよ、鬼沢君は？」

「僕も一緒に練習したよ」

「じゃあ書けるね」

「うん」

「弘道君はどう？」

「あのね、僕は、三年のとき、タイムが真ん中ぐらいだったから、また今年もまあまあでいいやと思って、練習は朝練ぐらいしかやってなかった」

「いいねえ、そういうふうに気持ちが書ければいいのよ」

「へええ、そうなの？　先生」

「そうなのよ」

「僕と石田も三年のときは、タイムはいいほうじゃなかったんだよねえ」

鬼沢君が笑った。

「うん、鬼沢も僕も、真ん中よりちょっと上かなってところだったよね。それで僕は、えーと、四年になったんだからと思って、一念発起っていうやつを決心した」

「そうなの。偉いねえ！　なんか話しているだけでいい文になってるねえ、さあ書いて！忘れないうちに、そのとおり書いて書いて！　友達と一緒に練習したんだね。偉かったね」

「鬼沢は一日も休まなかったんだよ。僕はアレルギーで鼻水が止まらなくて、休んだ日もあった」

「でも石田はすごいよ。上がり方が一番だったんだもの」

「うん、休んだあとくやしいから、うんとがんばったんだよ」

「そうだったの！　アレルギーを乗り越えようとしたんだね。いいねえ。そういうことを書くと作文がとてもよくなってね、自分だけのオリジナルの文ができるのよ」

子どもたちはすばらしい。私はうれしくなった。三人は、ぶつぶつ言いながら書いていた。ようやく、三人は初めのところが書けたようだ。ここを乗り切ると、あとはだんだん楽になる。

「もう、いいようだね。思い出したら、また書き足していいのよ。書くところが足りなくなったら、この紙の裏に番号書いて、そこに書き足していいのよ。表には裏に行く矢印なんかつけといてね」

「そうなんだ。いいね」

「さて、いよいよ、当日ですよ。朝、起きたとき、天気どうだった？　石田君言ってみてね」

「ええと、窓から外を見たら、雨降ってなかったからね、お母さんがマラソン大会やれるねって言ってた」

「ほう、そうだったの。じゃあそのまま書くといいわよ。弘道君はどうだった？」

「うん、僕はねえ、そうだ、お姉さんがカーテン開けて、今日は天気いいねって言ったので、マラソン大会やるんだと思ってがっかりしたんだ」

弘道君はちょっと笑った。

「すごくいいじゃないの。がっかりしたって気持ちが書けるじゃないの。それってオリジナルだよ。自分だけのだもの」

「へええ、そうなんだ。先生、そういうふうに書いていいんだね」

「いいんだよ」

弘道君はうれしそうだった。

「次に行っていいかな？　家の人が何と言ってくれたかな、石田君？」

「はい、お母さんが、マラソン大会があるんだね、がんばってねって言ってた」

「僕も」

と、鬼沢君。

「弘道君は？」

「何にも」

「そうかあ。私はね、弘道君はマラソン速くないから、がっかりしたんだと思うけどね。そういうときはお母さんに自分の気持ちを言ったほうがいいのよ。きっとお母さんは、『弘道はマラソンは速くないけど、漢字が上手に書けるからいいんだよ』って言ってくださるわよ」

「そうかな」

「今度言ってみようね。それでは、次に行きます。朝、学校に来たみんなは何と言ってたかな。今度は鬼沢君言ってね」

「ええと、石田はね練習のとき二分以上も上がっていたから、すげえなあって言ってやった」

「そうだったの、石田君！」

「はい。鬼沢に言われて、なんか、いい感じだなあ、上がり方一位とれるかもって言って、絶対がんばるぞうと思いました」

「すごいねえ、そういうのがいいんだよね。弘道君は？」

「僕もね、三年のときよりタイムが上がってたから、もっとやればタイムもっと上がるかも。がんばろうかなーって思ってた」

「そうなんだ」

「弘道もそうだったんだ。すごいよね、先生」

「ええ、すごいね。よし！　それ、すぐ書こう！」

「うん」

三人はがんばった。

「走ってるとき、どんなこと考えてたかな。石田君はもちろん」

「ええ、上がり方一位を目指して、最初から速く走って、最後まで力を抜かないで行ったので、きつかったです。速い人が走って行くので僕も付いて行きました。心の中で、上がり方一位！　上がり方一位！　って叫んでいました」

「すげえ！」

「ほんとすごいねえ。いいねえ。石田君すぐ書いて」

「僕もね、今年はタイム上げるぞって一生懸命走った」

「鬼沢君もいいねえ。そのとおり書いて、書いて」

「うん」

「みんな、タイム上がったのよね」

「うん」

「僕、先生がタイムを発表するとき、どきどきしててね。上がり方一位は石田君ですって言ったとき、思わず飛び上がっちゃったんだ」

「ああ、そうだったのね！　なんだかうれしいことがいっぱい書けそうだね。お家の人も喜んでくれたでしょう。どんなこと言ってくれたか言葉も書くのよ。そうすれば、あなただけの」

「オリジナルの文でしょう」

「アハハハ、やられた。どんどん書いて！」

こんな具合に作文メモはどんどん進んだ。

「鬼沢君はゴールするとき、どんな気持ちだった？」

「ええーと、校庭に入って行ったら、ワーッて声が聞こえたから、僕は急に速度を上げたんです。ゴールに着く前、前にいる人を抜いていました。なんか悪いような気もしたけど、うれしかった」

「まあ、すごいじゃないの。いい文ができるよ！　今のとおりに書いて、書いて！　弘道君たちも同じようだったでしょ？　書いていいよ」

三人はゴールしたときのことや友達に言われたことなど、言葉で言ってから作文メモに書いていった。うれしそうにぶつぶつ言いながら書いている姿を見て、私は、つくづくよかったと思った。

翌日、国語の授業はマラソン大会のメモ書きだった。昨日、石田君たちに言ったのと同じようなことを書かせた。そして、もう、メモ書きをすませた石田君たち三人には一声かけた。

「題名はマラソン大会でもいいよ。それから気が付いたことを、どんどん書き足しといてね」

私は、今までの練習のことを子どもたちに、よく思い出すようにと言った。あまりくわしくなくていい。本物の作文を書くときにくわしく書けばよい。なにしろ作文に書かないメモもあることを、子どもたちに話さなければならないからだ。私は子どもたちの机の間をまわりながらアドバイスした。

「メモはここで打ち切りです。書き終わらない人は、家で書いてみてね。これから大事なことをやります。それは、作文メモにしるしを付けることです」

「なんのしるし？」

「これが一番肝心なことなのですよ。作文を良い作文にするため……自分が一番書きたいなと思うところに二重丸を付けます。一つか二つです。この二重丸のところは、本当の作文のときにくわしくたくさん書きます」

「ええー、そうなの？」

「どこがいいのかな」

「自分が一番書きたいところです」

「これとこれかなあ」

「いいですか。作文を書いている間に、こっちがいいなと思ったら変えてもいいし、両方書きたかったら、こっちにも二重丸を付けてもいいですよ」

「ふーん、そうなのか」

「次は二番目に書きたいことですね。これは一重丸を付けます。この一重丸は、少しでもいいから書きます」

「へええ」

子どもたちはなかなか決められない。でも私は、進めていった。

「時間がないから急ぎますよ。その次は筋立てとして必要なこと。例えばね、何月何日にマラソン大会をやりましたなんて、日にちを入れたいときなどあるでしょう？　そういうところには三角を付けて」

「へええ、三角も付けるの？」

「いくつ付けてもいいのよ。さあ、最後は書かなくてもいいと思うところはバツを付けます」

「ええっ、バツだって……」

「先生、書かなくてもいいところってあるの？」

「ハイ！　そうなのです。実はここが肝心なのです。ええーと、みんなが一番書きたいところって、やっぱり走ってるところでしょう？　だから、いきなり『スタートラインに立ったら胸がドキドキしてきました』って書き始めたら、これを読んだ人も、胸がドキドキしてくると思うのよ。そしたらこの作文は生き生きしてくるのね。そういうのがいいのよ」

「うん、そうだけど……」

「だからね、それまでのところは書かなくてもいいから、バツを付けていいのよ」

「ええっ、そうなの？」

「ねえー先生、そんなことしたら、初めのほうがみんなバツになっちゃうよ！」

「いいのよ。でも、三角のところぐらいは書きますからね。何月何日にマラソン大会をやりましたぐらいは書かないと、何の作文か分からないもんね」

「うん、そうだよね」

「へえー、バツ付けていいんだ！」

「そしてね、みんな誰だっていい作文が書きたいでしょ？」

「うんうん、書きたい！」

「クラス全員が知ってることなんて、書いたってつまらないでしょ。だから書かなくてもいいのよ。みんなが知らないヒミツとか面白いこととか、読んだら思わず笑っちゃうとか泣いちゃうとか、人を感動させるのがいいのよ」

「そういうのが前にある人は前のほう書いていいんでしょ？」

「はい、まったくそのとおりよ」

「うーん、書けるかなあ」

何人も首をひねっている。

「書けるよ」

「うーん」

「一番いいのはね、自分が思ったことを書くのよ。考えたこととかもね。他の人は知らないことだから、書くといい作文になるのよ」

「うーん、でもねえ、ちょっと恥ずかしいな」

「そうかもね。走ってるとき、よし！　前の人抜かしてやるぞって思って、ビュンビュン飛ばしたとかは、なかった？　それとも、『もうやめたい、やめたい、神様、マラソンなんかなければよかったのに！　神様のバカ！』なんて、恨んだりしなかった？　花山君どうお？」

「あった！　アハハハ……でも、なんだか恥ずかしいな」

「花山君も恥ずかしいことあるんだね、少しだけ恥ずかしいかもしれないけれど、そういうのを書くと、いい作文ができるのよ。がんばって書いてみて！」

「うーん」

「私、書けそうな気がしてきた！」

「なんだか、頭に浮かんできた気がする！」

「今までヒミツにしていたけれどって書くのがいいかもね、フフ」

うんうんとうなずいたり、ぶつぶつ言葉に出して言ったり、頭をひねったりして、子どもたちはしるしを付けた。

私が、今までやってきた経験では、一年生でもこのやり方で多くの子どもたちが、何枚も書いていた。中には、作文用紙にメモをそのまま書いて、番号や○△×も付いていて、私をがっかりさせた作文もあったけれど、だんだんうまく書けるようになるのだ。

でも、いきなり、スタートのところから書けるような子は、将来文筆家になれるかもしれない力を持っている。私は、みんなに作文を書かせるのが楽しみだった。

その日の放課後、私は、作文メモがうまく書けていない五人を残した。もちろん、弘道君、石田君、鬼沢君の三人は入っていない。

弘道君はカバンを背負って胸を張って、残されている五人を横目で見ながら、鼻高々で帰って行った。弘道君の顔はとてもうれしそうだった。少しでも自信がついてくるといいが……と私は思う。

○作文集作り

国語の時間に作文メモを見ながら、本格的に作文書きが始まった。こうした作業をやると、子どもたちが自分でメモを作って文を書くようになる。さらに進むと、頭の中にメモができ、丸や三角、バツが付いて、実に生き生きした文ができるようになっていくのだ。そして作文を書くのが得意になっていく。

このとき、私が気をつけていることがある。子どもが書いた作文を決してけなさないことだ。かならず良いところを見つけ出して「ここが上手に書けてるねえ」とほめてやる。ほめてから、おもむろに「ここはこう書くといい」とか少しだけ指摘してやる。すると、その子の作文はだんだんよくなり、下手だと思っていたところが無くなっていく。

反対に「こんな書き方はダメよ」という言い方は、子どもに作文苦手の意識を持たせてしまうので私は言わないことにしている。書く意欲を持たせるほめ言葉をかけてやって、

（自分は作文が得意なのだ）と思わせてしまうようにしようと努力している。

「僕、作文好きだよ」

なんて言われると思わずにっこりしちゃうのだ。

よく世の中には「トラウマ」といって、悪いことが心に残っているという意味の言葉があるが、良いことが残っている「良いトラウマ」を残せたらいいのに――と私は思っている。

「作文が好きだよ」という良いトラウマは一生の財産だと思う。

いろいろな試験のとき、文章で答える問題では、文がスラスラ書けてよい。

社会人になって文書作成だってお手のものだ。「よく書けてるね」なんて言われたら実にうれしい。作文だけではない。得意なものが「良いトラウマ」になれば、自分の力として生かせるのだ。

反対に「この文は下手だ」などと「悪いトラウマ」を植えつけられたら、これを克服するのは大変なことだ。

私はみんなに「良いトラウマ」をたくさん残してやりたい。「上手だね」「いいね」「面白いね」「楽しいね」という良いトラウマを心の財産にしてやりたいと思う。

やっと、作文が出来上がった。どの子もよく書いている。一人ひとりが目に浮かぶようだ。そうだ。これを印刷用の原稿用紙に書き写して、作文集を作ろう。

子どもたちに言う。

「みなさんの作文がとってもよく出来ました。生き生き書けてます。すばらしいです。それで、作文集を作ろうと思うんですが、どう?」

「いいよ!」

「やりたい!」

子どもたちは大喜びだった。

「私は忙しいからよく見てあげられないよ。それに、印刷用の原稿用紙一枚にまとめるのよ。みんながんばれるかなあ?」

「いいよ、いいよ」

「先生、きれいな字で書き写せばいいんでしょ。大丈夫だよ」

「できるかなあ?」

と心配していたが、どうやら心配は杞憂《きゆう》のようであった。みんながんばって書いていた。

○算数の勉強・分数の実験

「あのね、みんなは実験って言うと、すぐ理科だと思うでしょ。でもね、算数にもあるんだよ」

「へええ」

「どんなの？」

「うーん、それがね、二時間はかけないとやれないんだけど」

「うん、何々？」

みんな、私の話に乗り気になってきたな。

「天気予報によると、明日は雨！」

「それがどうしたのよ」

「それで、外体育ができないでしょ」

「うんうん、教室体育だよ。明日も輪ゴム送り競争したいね」

「そうだよ、僕はミニボウリングがいいな」

「はいっ、ちょっと待って。その楽しい教室体育の時間を、算数の実験にもらいたいのよ」

「ええーっ、だめだよ」

「先生は体育の時間だけはつぶさないって約束してくれたじゃない」

「だよね。でも時間が足りないんだよ。だから明日だけ算数にまわしてね」

「ああーあ、算数できないと困るのはみんなでしょって」

「また言うんだよね」

「ハイ、そのとおり!」

「しょうがない、我慢してやるか」

「そうだな、アハハハ」

「アハハハ」

みんな、仕方なく笑った。


翌日、私は分数の実験に使う道具を持って来た。一リットルのマス。透きとおったプラスチック製で、一センチずつ目盛りがついているのを二個。そして、同じ形のマスをもう一個。これは二センチずつ横に切り離してあって、その形が五個重ねてあったけど子どもたちには、分からないようにすこし後ろにかくしておく。

そのほかに十センチ四方の正方形の紙や式など書いた紙やビンなど。

「実験だって」

「何が実験なんだろうね。何が出てくるんだろう」

「ハイッ、何も出てきません。水を入れます」

「ええっ、なんで?」

「ここにビンがあります。水がこれだけ入っています。このビンの中の水の量を量《はか》ります。そして答えを分数で表します……というのが今日の勉強です」

「へえ、それで何するの?」

「入れますよ」

一リットルマスにビンから水を入れると、一リットルマスがいっぱいになって、ビンに少し水が残った。

「よく見てください。ビンの水は一リットルマスでは、量りきれませんでしたね。残ってます。この残りの水をどう表すか」

「それを分数で表すっていうの?」

「そうです。いい勘してますね。この残った水をもう一つの一リットルマスに入れてみます」

「？・？・？・」

「入りました。なんだか下の方に少しありますね」

「先生、この水を入れたりしてるのが実験なの？」

「うん、いいところに気がついたね、実はそうなのよ。マスが一そろいしかなくてごめんね。班ごとにあればよかったんだけど……」

「うんうん」

「この残った水を『はんぱ』と言いますよ」

そう言って私は黒板の分数という字の次に大きく「はんぱ」と書いた。

「この『はんぱ』をどうやって表すか。いろいろありますけど、こういう半端《はんぱ》は分数で表すことができるのよ」

「ふーん、残った『はんぱ』を分数で表すのか！」

「ハイ、残った水をよく見てください。残った水の高さに合わせて、この紙を切ります」

私は十センチの正方形の紙をみんなに見せてから、マスの横に合わせた。それから、残った水の高さに合わせて紙にしるしを付けた。そして、ゆっくりとしるしの所で切りとった。みんながじっと私の手もとを見ている。

私はこの実験をやりたいと思っていたので、よく考えて実験道具を作った。水は下のほうに二センチ残るように、しっかりと量って入れた。それはこの一リットルマスを五つに分けて五分の一を表すためだ。だから紙には、しっかりと二センチに測った線がうすく引いてあったのだ。子どもたちにさとられないように、なにげなく切りとっていく。

「この紙をこの一リットルマスに当てていって、いくつ分あるかなあ？　って、見るのが分数なのよ」

「へええ、そうなんだ！」

「いくつに分かれたか、その分かれた数のうちの一つだよって表すのが、分数なのよ。さあ、これから、この紙を当てて、いくつ分あるかな？　いくつに分かれるかなって、みんなにやってもらいます」

「僕が一番だよ！」

花山君はもう待ちきれなくて、真っ先に私の机の上の一リットルマスに向かって走って来た。

「先生！　紙！　紙貸して！」

花山君は私の手から紙をすばやく受け取って、

「一つ、二つ、三つ……」

と数え始めた。

「花山君！　水の入っているところを最初に一つって数えるのよ」

「分かってるよ！　五つだ！　五つに分かれているうちの一つだ！」

花山君は勝手にしゃべっている。

「オイッ、次は俺だ！」

誰かが叫んでいる。

「ちゃんとそろえて当てろよ！」

花山君が大声で指示している。ほかの子どもたちも出てきて大騒ぎだ。

「見せて！」

「私にもやらして！」

「今度は僕だよ！」

「ちょっとみなさん、待って！　ちゃんと順番に当てて！」

もう私の予想をはるかに超えて、

「やらしてよう！」

と、大騒ぎになってしまった。私は一瞬あきらめて声を失った。

「ちゃんとやれよな！　ちゃんと並べよ！」

花山君がどなっている。

「なんだよ、花山！　自分が先にやっちゃってよ！」

「ごめん、ごめん。悪かったよ！」

「じゃあさ、みんな並ぼうぜ！」

と言う声で、一組のみんなは押し合いへし合い並んだ。

「ねえ、みなさん！　一人ずつやってたら時間がなくなっちゃうじゃないの。班長さんがやるのを見て、確かにって思えばいいでしょ」

「だめだめ」

「先生これは実験だからね、ちゃんと自分でやんなくちゃあ」

「でもね、まだ説明することもいっぱいあるのよ」

「ウフフフ、でもね、先生はさ、これからのみなさんは、自分の目でしっかり確かめてしっかり判断して、生きていきなさいよって言ってくれてるでしょ？　みんな自分で確かめてみたいんだよ」

そうなんだけど、ここでそれを言わなくてもいいのに！　でも、仕方ないか！　四年生なのに成長しているね。私は、ぐっと唾《つば》を呑み込んでから、一人ひとりが早くすむように手伝った。そして、五つに分かれているマスを、みんなに見つからないようにハンカチをかぶせてかくしたのであった。

「ああ、やっと終わったね」

「先生、面白かったよ！」

「先生に言われなくても分かっちゃったよ」

「ええ！　そうなの？」

「うん。五つに分かれててさ、その一つだけ水があったからさ、あの『はんぱ』は五分の一って表すんだよ」

「僕が教えちゃったんだ！」

花山君が得意そうに言っている！

「コラ！　先生の仕事取っちゃだめでしょ」

「ガハハハ」

花山君が笑っている。

「先生、俺も分かったよ。分けるのってたいていお母さんだから、五つに分けるほうが分母で下に書く。分けたのをもらうほうが子どもだから、分子って言って、上に書くんだよね」

「そう言えばさ、家のお姉ちゃんが分数やってるとき、お母さんが子どもをおんぶしてるんだよって言ってたんだ。あのときはなんだか分かんなかったけど、今分かったよ。お母さんが背中をまげて、子どもをおんぶしてるんだよ！」

石田君が背中をまげて歩いてみせたので、みんなが大笑いした。

「いいね、いいね！」

拍手が起こった。

「そうだ！　そうだ！」

みんなが調子に乗っている。

「僕んちはね、兄弟二人だからケーキを二つに分けて、その一つを食べるからケーキの二分の一食べたっていうことになるんだね」

「そうです。よく分かったね」

「私んち三人だから、三分の一だね」

そうだそうだとみんな言い合った。

「先生、花山の家は一人っ子だから、一つに分けて一つ食べるってなるんだね」

「それをさ先生、一分の一って言うの？」

「ええ、厳密《げんみつ》に言えばそういう言い方になるわね。よく分かって偉いね。でも、わざわざ一分の一なんて言わないで、一でいいのよ」

「結局、花山は一人でケーキ一つ食えるんだよね」

「いいなあ」

「一人で全部食べちゃうんだ！」

「すまん！」

花山君があやまったので、また大笑いになった。

「みなさん、今日は五分の一って簡単だったけど、これから分母がもっと大きくなったり、分母の違う分数を足し算したり、引き算したりと難しくなるのよ。がんばってくれる？」

「うーん、がんばる！　がんばる！」

「よし！　もう一つ一リットルマスを見せてあげるね。ちゃんと席に着いて！」

「ええ！　何それ？」

「魔法のようにパラリ！」

これこそ、私が、生涯子どもたちが忘れずにおぼえていてくれるワンシーンとして、苦心の末に考えたことだった。

中村先生を忘れても、分数と言ったらこのシーンが鮮やかに思い出されるのだ！

私は五個に切れてるプラスチックのマスを上からパラパラッと落として見せた。

「アッ、マスがこわれた！」

「アアッ、先生がこわしちゃった！」

「わーるいな、わるいな！」

「先生に言っちゃおー」

「ワーイ、アハハハ」

花山君がまたまた飛んできた。

「アッ、五つに分かれてる！」

たちまち何人か出てきて、

「ほんとだ！　五つに分かれてる！」

と騒いだ。

「花山君たち、ありがとう！　五つに分かれてるね。よくできました。席に座っててね」

みんなが笑った。私は机の上にマスをまとめて置いてから、一つだけ手に載せて説明した。

「うまく五つに分かれてるでしょ。私が作ったのよ。苦労したのよ、これ！　この一つにだけ水が入っていたのよね」

「うーん、分かりやすいよ！」

私は、手のひらの上の一つを、みんなによーく見せた。

「これが、五分の一！」

それから、私は深呼吸をした。

「じゃ、二つになったら」

私はもう一つ取って上に重ねた。

「先生、簡単だよ！　五分の二！」

「そうだね、三つで五分の三でしょ……」

「うん」

「そして、四つで五分の四！」

「うん、うん。分かったよ」

「それで五つ重なったら？」

一瞬、シーンとなった。

「先生、五分の五だよ！」

「あ、そうだよ！　それ、一リットルだよ！」

「そうだよ、そうだよ。五分の五は一だよ。一リットルだよ」

「分母と分子が同じ数になったら、それは一だって、もう塾で教わったもん！」

「ハイみなさん！　そこまでいいですよ。みんなよく発言するようになったね。偉いね」

と、ここで塾の話を打ち切りにする。

「よく聞いてください。この実験の結果はですね。まず一リットルの水があって、半端《はんぱ》が五分の一あったから、答えは、『全部で一リットルと五分の一リットルの水が入っていました』となります」

「ふーん、そうなったのか」

みんなもフムフムうなずいた。

「先生、面白かったよ。今日の実験！」

「そうだよ、面白かったよ」

「分数って、面白いねえ」

「うん、面白い！」

「花山が一番面白がってたね」

みんなが笑った。

「面白くてよかったねえ。それじゃ、今からこの水の量を画用紙に写し取って、紙で水の量を表して計算していきますから、プリントをよく見て描いてくださいね」

こうして、分かりやすく一リットルマスの絵を描いたプリントで、分数の授業は進んでいった。

そのうち、子どもたちは十分の一というのが基本であることに気付き、画用紙で十分の一を十枚作った。そして、なんでもそれをあててみるようになって、分数の計算を理解していったのだった。

やがてこの十分の一リットルが、小数の〇・一リットルと同じであることにも気付き、算数の勉強がもっと進んでいった。

中学校に行って、数学をがんばってくれるといいなと私は願っている。

第六章　お別れ学級会が近づいた

○花山君の企画

四年一組では、お別れ学級会で自分たちの班は何をやるか相談していた。教室の隅《すみ》で額を合わせてこそこそ話し合っている。そして、誰かが近づくと、

「こっち来ないでよ。まだ内緒なんだから！」

と、シッシッと手を振って追い払っている。

あんなに、男子と女子が体を寄せ合って仲良く相談しているなんて、いい雰囲気だなどと眺めていたら、花山君が、さっそく相談にやってきた。

「先生、今ね、僕たちの劇に出てくれる人募集してるんだけど、誰も申し込んでくれないよ」

「そうなの、困ったわね。そしたら本番も人形のままでやるしかないわねえ」

「だめだよ、リアリティーが足りないよ。やっぱり本物でなくちゃあね」

「よし！　クラスのみんな一人ひとりに聞いてみよう。ところでその人は、男？　女？」

「女だけど」

みんなに聞いたけれど、自分たちの出し物をやっているからだめだと、皆断られた。

花山君は、しぶしぶ自分の席へ戻って行った。

「あの子だったら、やれそうなのにねえ」

私は、あちこち眺めてつぶやいていた。すると、

「先生、ちょっと来て」

と、中川さんに呼ばれた。

「花山君に大きな声で言えないんだけど、実は、本当のところ、女の子は殺されるのはいやだし、死体で残っているのはもっといやなんだって」

「そうか、だから、誰もいないのね」

「それで私たち女子のお願いなんですが……中子先生にやってもらいたいんです。花山君がリアリティーが、ないないって、うるさくってしょうがないんです」

「そうなんです。お願いします」

中川さんを先頭に三人の女子に頼まれて、私は「ハイ」と言わざるを得なかった。その

かわり当日まで、みんなに内緒にすることを約束してもらった。

「ああ、どうなることやら……」

その日の午後、花山君がこっそり話しかけてきた。

「先生、僕たちの劇に出てくれるんだって、ありがとう。ウフフフ……」

「何がおかしいのよ」

「だってさあ」

「やってくれる人がいないって言うんだから、しょうがないでしょ」

「ハイ、分かりました。あのね、先生は机に向かって座っててくれればいいんです。あといきなり犯人に殺されて、床に倒れていればいいんです」

「ふーん、そうなの。出演料をもらうわけにもいかないけれど、どうせ出るなら、なんか言わしてよ。それでなきゃ不公平よ」

「ハ、ハイ……それもそうですね」

「『助けてー』とか叫ぶでしょうが……」

「そうですよね」

なんだかしどろもどろの花山君なので、私は内心おかしくて仕方がない。

「あのう、そこはそのう、先生のアドリブでいいですから叫び声とか、『やめてー』とか入れてくださっていいです」

花山君の鼻の頭に汗がにじんできた。

「ハハハ。たいへんね、花山監督！」

「ハイ、でもよかった。先生に助けてもらって、僕の一回目の作品が無事できそうです」

「よかったねえ」

「先生、ほんとにありがと」

花山君は両手を合わせてパチパチ鳴らしながら去っていった。


翌日のこと。なんだか廊下が騒がしい。なんだろうと思ってのぞいてみたら、

「あらー！」

なんと花山君がのぼりを持ってゆっくり廊下を走っているのだ。それも後ろに、友達が一列につながっている。

「何これ！」

「お別れ会の僕たちの出し物の宣伝です。ええ！　僕たちは『名探偵花山、研究室の殺人

事件』をやります。よかったら見に来てくださーい」

花山君の背中につかまって後ろにくっついている男子、またその子の背中につかまって付いて行ってる女子……と何人かつながっているけれど、クスクス笑いながらくっついているではないか。花山君は自分の背より高いのぼりを押し立て、先頭でゆっくり走っていた。

「あらまあ、アハハ……」

思わず笑ってしまう。クラスのみんなも廊下に出てきて笑っている。当の花山君はまったく気にしていない様子。

のぼりは、そのまま四年の教室のある二階から階段を降りて一階に行った。クラスのみんなは、もう興奮して付いて行ったけれど、私は笑いながら、教室に戻ってテストの丸付けをしていた。

後で聞いたらなんと校長室に行って校長先生に宣伝してきたんだとか。その日の午後、職員室でも花山君の話で大いに盛り上がってしまった。

「中川さんって気だての優しい子がいるでしょ。あの子の隣の席を花山君にしてるんですよ。中川さんは男の子に人気があるのね」

「そう言えばそうだね。中川さんって優しい子よね」

「花山君はいつも笑いながら中川さんに話しかけているんですよ」

「花山は幸せだよな、ハハハ」

楽しい一日だった。

帰宅して夫に話した。

「こういうのはいいねえ、気持ちが癒《い》やされて疲れが吹っ飛ぶねえ」

夫も楽しそうだった。


いよいよ、お別れ学級会の日が近づいて来た。みんながんばっている。相談も多くなっている。

由美子ちゃんのいる班は、社会科の発表で、都道府県の名前の当てっこをするそうだ。

「ほう、どうやるの？」

「あのねえ、先生も知らなかったでしょう。由美子ちゃんがね、塾で都道府県のおぼえ歌を教えたら、とっても評判が良くってね、県の境で切り取って……」

「この形はどこだ？　とか、この形は何県だ？　って当てっこして遊んで、楽しく勉強したんだって」

「すごいねえ、塾の教材にもなったんだ」

「僕たちも地図を大きくして切り抜きたいんだけど、先生、学校のコピー機で拡大してくれませんか」

「ああ、いいですよ。今日放課後やろうね」

私は放課後、職員室でコピーをしてやった。

「ねえ、時間が十分ぐらいしかないから、終わらなかったらどうするの？」

「それはもう、由美子ちゃんがだいたいやれる枚数を計って決めて、分かりやすいのにすることになってるんだ」

「へえ、すごいじゃないの。偉いねえ」

「あのね、北海道とか沖縄はすぐ分かるんだよね。あと東京とか大阪とか有名なところにしようって話しているんです」

「ふーん、いいこと考えたのね」

「県庁所在地のほうは、うまく考えられなかったので、やめちゃったんです」

「花山君なら何か作れたかもね」

「そうだね」

○先生の出演

さて、私はとうとう一回だけということで、花山君の班の練習にこっそり出かけた。舞台に机と椅子が置いてあって、椅子に腰かけていると、犯人の中川さんが手ぬぐいをかぶって出てきたので、私が思わず笑ってしまった。

「ああっ先生、笑っちゃだめですよ。アハハ」

中川さんも笑ってしまった。

「ストップ！　先生笑っちゃだめ！　ちゃんとやってよね」

花山君も笑っているし、ほかの子もつい笑っている。

「ごめん！　ごめん！　今度は笑わないから。ウフフ」

「本番で笑わないでくださいよ」

「ハイ、分かりました」

また中川さんが出てきてナイフをふりかざしてきたので、私は立ち上がって、

「きゃあ」

と叫んで、舞台の端まで逃げてしまった。

「だめだめ、逃げなくっていいの！　先生」

「ええっ、そうなの」

中川さんが笑っている。ほかのみんなも笑っている。

「先生、もっと気が付くのが遅《おそ》くっていいんだよ。『あっ、何するの！　やめて！』ぐさって感じです。いい？　初めから！」

すぐうまくいって、私は床に横たわっていることになった。班の持ち時間が十分だから、体が冷えるなと思って、当日はマットを借りてくることにした。カイロも入れて……。

ほかの班は、ジャンケン、ダンス、クイズなどバラエティーに富んでいた。

「同じものじゃないほうがいいと思うよ」

と、私はアドバイスした。自分たちのやりたいこと、みんなを楽しませることをやるにはどうするかもアドバイスした。

ダンスをやる子どもたちは、テレビを参考にしてふりつけを自分たちで考えてるって。

「すごいねえ。独創性があるんだね」

「佳代ちゃんはバレエ習っているから、くるくる回るのが得意なんだよ。男だってやるようになってね」

「そうなんだよ。僕ね、初めはやだなあと思ってたんだけど、やってみたら僕が一番よくできるもんだから面白くなっちゃってさ。今ではほかの班の子までまぎれこんでやってるんだよ」

「そうそう、こいつよりうまいのもいてね、ちょっとしたブームって言うのかな」

「はやってるんだよ。先生ね、僕たちのは遊園地のコーヒーカップって言うんだよ」

「へええ、すごいんだねえ」

私は目をまるくして驚くばかりだった。

このクラスは、どこからか、底力が湧いている感じがした。

○いよいよお別れ学級会当日

私は朝からわくわくしていた。

学級会の時間になった。机だけ全部教室の後ろに片付け、椅子《いす》を残して並べた。私も自分の机を後ろまで片付けて、前を広くあけた。

とうとう楽しみにしていた学級会だ。

一番初めの『クイズ』はあまり変わり映えがしなくて、いまいち、子どもたちが盛り上がらず拍手も少なかった。練習のとき、私がクイズの中味をよく見せてもらって、ひねりの効いた意地悪クイズを教えてあげればよかったのにと気の毒だった。

『遊園地のコーヒーカップ』は、男子が五人まぎれこんでいて、舞台いっぱいに踊りまくってすごかった。拍手喝采だった。

『両想い、赤い糸で結ばれてるのは誰？』は、もう大騒ぎだった。一人が一枚クジを引くたびに歓声が上がって、たいへんだった。花山君は中川さんを指さして跳ね上がっており、自分の番が来て、別の女子が当たったとき、

「おお！　マイ・ゴッド！」

と言って倒れた。みんな大歓声で、男子は机をたたいてはやしたて、女子も手をたたいて笑っていた。私もつい忍び笑いをしてしまった。しばらくみんなの騒ぎが収まらなくて、中川さんは、机にうつぶせになって笑いをこらえていたのだった。

あとで周りのクラスから、「四の一は何を騒いでいるんだろうと思ったよ」と言われてしまった。

『都道府県名当て』は、できるだけみんなに当たるようにと、一問ごとに希望者を五人出して、県名を書いた紙を黒板に「せーの！」と、いっせいに貼《は》って誰が当たったかなとやっていた。いいアイデアだった。

群馬県になったら、一人も当たらなくて「誰か分かる人？」と、聞いて、やっと当たった。意外と難しい。全部が分かるには、相当形を覚えなければならないと思った。

『ジャンケン勝ち抜け』というのを、私は知らなかったが、やってみたら、キャー、ワーの大騒ぎ。班の中でジャンケンをして勝った代表が出て来て、ジャンケンをして、最後に二人勝ち残ってまたジャンケンをするのだ。

山野君が残って女子と対戦することになったので、男子が「山野！　山野！」と大声で応援して、たいそうな盛り上がりだ。「ジャンケン！」と声がかかると一瞬シーンとして、山野君が「勝ったー」と叫んで、「ウワーッ」という大歓声になった。いやはや、なんという騒ぎだ！　私には止めようがなかった。

『ダンス・ジェンカ』は条件があった。「言われたことを断らないで、ちゃんとやる」という約束。「言われたことには絶対従う」だった。

「なんだろう」

「教えてくれたっていいじゃないの！」

何をやるか内緒になっていた『ダンス・ジェンカ』は、副題が『好きな人と二人で踊る』と出たもんだから、

「うえー」

「やだー」

と、みんなが騒いだ。

「みなさん！　そういうこと言ってると、ここで学級会やめになっちゃいます」

と、司会が言うので、しぶしぶみんなは言うことを聞くはめになったのだった。

「場所がせまいので三回に分けてやります」

誰と誰が組になったのかな？　と見たら、ちゃんと男子には女子をというふうに異性同士で組んであった。

「やるのー」

「えー、やだよー」

恥ずかしがってよく踊れない子もいたが、なんとか二回目まで終わって三回目になった。

「赤井さんは青山君と組んでください」

「えっ、困るー」

赤井さんは机の下にもぐった。

「あー、ぴったり！　赤井さんは青山君が好きなんだよ！」

「イエーイ！　やったぜ！」

ピーピーと口笛を鳴らす子がいて、大騒ぎだった。

「俺たちまだやってないんだからよ、やめられちゃ困るんだよ」

赤井さんは、とうとう机の下からかつぎ出された。そして、青山君の肩につかまってジェンカを踊ったのだった。

いよいよ最後は『名探偵花山』だ。突然、私が出演することが分かって、

「ええっ、先生に出てもらうなんてずるいよ！　ずるいよ！」

のコールになったけれど、誰も協力してくれなかった事情を話して許してもらった。

幕が開くと、ここは私の研究室。私は机に向かって何か書いている。そこへ犯人がやってくる。

ナイフを振りかざした犯人を見て、私は、思いきり大きい声で、

「キャー、やめて！　助けて！」

と立ち上がって叫んだ。犯人に向かって両手をあげて、二、三歩後ずさったところで、抵抗したけれど、胸をぐさりとやられて倒れた。

「ああっ！」

客席からは、ため息と動揺が……、

「中子先生っ、大丈夫っ！」

と声が飛ぶ。そしてナレーションの声。

「翌日の朝、助手が出勤してきて先生の死体に気付き、名探偵花山に連絡したのです」

黒縁メガネをかけた名探偵花山、登場！

大きな拍手が起こった。

「お、これは鋭いナイフでやられてるな。フーム、なんとしても、証拠のナイフを探し出さねば」

探偵花山のドスの利いた低い声に、クラス中が静まり返って、

「ほう！」

とため息が出た。

「ナイフを抜き取って行ったからには、ナイフから血がしたたっていたに違いない。血液が落ちていないか確かめよう！」

探偵はぐるりと周《まわ》りを見まわす。

「先生の体の向きを見ると、机から立ち上がってドアと反対のほうに、動いている。犯人はこちらのドアのほうから来たに違いない。犯人がどちらへ逃げたか、それを確かめたい」

探偵の指示で、捜査員たちは舞台のあちこちを捜《さが》した。

そして、客席のほうまで行って、

「いないか」

「いないな！」

などと捜《さが》して、クラスのみんなを喜ばせた。

彼らはまた集まって協議している。

「犯人は、相当用心深いですね」

「血の一滴も見つかりません」

「フム。それでは、夕べ怪しい者を見なかったか聞き込みに回ろう」

捜査員は一通り見てきて、

「重要な手がかりは見つかりませんね」

「今のところ、目撃者もおりません」

と口をそろえて言った。

「フム、それでは、四の一のみなさんに聞いてみよう」

「それはいい考えだ。みんな見ていたもんな」

「そうですよ、そうですよ」

一人の捜査員が立ち上がった。

「みなさん！　先生を殺した犯人を見ましたよね？」

みんなはキョトンとして、少ししてからクスクス笑った。みんな笑いながら首を横に振った。そして小さい声で言った。

「見てない、見てない！」

「一年生や二年生じゃあるまいし、教えないよ！」

「ウフフフ……教えないよ、教えないよ！」

一人が出て来てみんなをよく見回す。

「探偵、みんなは教えないって言ってますぜ」

「フム、そうだろうな。でもな、こちらには人の目を見て、右と言ってるか左と言ってるか分かる人間がいるんだ。今、そいつが見てるんだからな。もう一度聞いてみてくれ」

「ハイ、みなさん、ぼくの目をよく見てください」

「ウハウハウハ……ハハハハ」

みんな顔を隠して笑っている。それなのに、花山探偵は大真面目だ。体を乗り出して四年一組のみんなのほうを、見ている。

「ああ！　探偵！　みんなの目が左のドアのほうだと教えてくれています！」

「フム！　左のドアだな！」

花山探偵はすっくと立ち上がり、

「よし！　みんな、ありがとう！　皆の者行くぞ！」

と言って、こぶしを振り上げてから、走ってドアから出て行った。

みんなはあっけにとられた。次にナレーションが入った。

「ねばり強い捜査の結果、めでたく犯人をつかまえることができました。これでまた花山探偵は、事件を解決することができたのです。探偵は、これも四年一組のみんなの協力のおかげだと語っています」

ここで出演者が登場して、大拍手で迎えられた。花山探偵は、鼻息も荒く言った。

「やあ、ご苦労だった。皆よくがんばったね。これで先生も浮かばれる」

「ひどい話でさあ、先生の書いた本が芸術祭参加作品の中で大賞をとったからってさ」

「それを恨んで殺人に及んだんだって」

「先生はかわいそうだったね」

「ところで、先生はどうした？」

「うわっ、先生がまだ死体のままだよ！　先生！　どうもありがとう」

私もめでたく生き返った。

中川さんは後ろ手にしばられたまま、端っこのほうにかしこまって座っていた。終わりの礼をした後、花山君は中川さんにしきりに手を合わせておじぎをして謝っていた。ほんとうに楽しい会だった。

あとで、女の子たちがやって来た。

「先生が殺されるところ、すごかったのよ。私、本当に殺されちゃったかと思ったのよ」

「中川さんも上手だったけど、先生が本当に叫ぶんだもの」

「手で顔を隠して先生が殺されるところを見てない人もいたのよ」

「そうだったの」

「花山君もなかなかうまいよね」

だいぶ名探偵の株が上がったようだった。

○文集作り

マラソン大会の作文を文集にしようと言って張り切っていたが、たいへんだった。やはり、印刷用の原稿用紙にきれいに書き移す前に、作文に手を入れてやりたいと思って、眠い目をこすりながら読んでいた。四年生三学期の成績をつけた通知票『あゆみ』も作ってみんなに渡さなければならない。私は寝る間も惜しんで仕事をすることになった。

文集作りの印刷製本は春休みになってからやることにした。出来上がったら、みんなのところに配るということで、四年一組のみんなに分かってもらった。

ほかの先生方は、卒業式の準備で忙しい。私も定年前は忙しかった。今は嘱託だし、四年生は卒業式に出なくていいから楽だった。そのような合い間を見て私はせっせと作文の添削《てんさく》をした。そして、書くのが遅い子の作文を先に見てやり、印刷用原稿用紙に書かせた。

そんなとき、花山君が、

「先生！」

と、やって来た。花山君が来たら用心するに限る。

「何ですか？」

「お願いがあります。僕は、マラソンのことではなくて、四年の思い出とかにさせてください。書きたいことはほかにもいっぱいあるんです」

「うーん、そうかあ……そうだよね」

私は、花山君をつくづくと見た。花山君の目が甘えるように、にこっと笑っている。

「思い出はマラソン大会だけじゃないもんねえ、それに花山君にいいよって言ったら、ほかにも書きたがる人がいるよね。私は忙しいから、よく見てあげられないけど、それでよければいいことにするか」

「いいんですね！　よし！　やるぞ！」

花山君は、ガッツポーズをした。

これに影響され、ほかのことを書きたい子が何人も出てきて、一生懸命書いていた。

「なんか意欲があっていいなあ。見てると私までやる気が出てきちゃった！」

私はうれしく、子どもたちを眺めたのだった。

第七章　修了式の日

○突然の辞令

とうとう四年一組の勉強終わりの日が来た。三学期の修了式の日に、私はみんなに、四年の成績と励ましの言葉を細かく書き記した『あゆみ』を渡した。

一人ひとりと握手をした。

「みんな、よく私について来てくれました。ありがとう。私はみんなに、ずいぶん無理じいしてしまいました。みんなのためだって言いながら、実は自分のためだったかもしれない。責任を果たしたかったんですね。私のモットーは、『成せば成る。成さねば成らぬ何ごとも、成らぬは人の成さぬなりけり』なんです。みんなの四年修了をやり遂げたかったんですねきっと。プリントばっかりやらせた先生がいたなあと、おぼえていてくれるとうれしいです」

「五年になったら、家庭科がんばるね！」

「僕は習字がんばるからね！」

と、みんなは晴れやかに帰っていった。

みんなを送ってから、子どもたちが書いた印刷用原稿用紙の文を読んでいたら、校長先生に呼ばれた。

「四月から中村先生には、ほかの学校へ移ってもらうことになりました」

有無を言わさぬ業務命令というものだ。

「えっ、こんな間際に言うなんてひどいじゃないですか？　なんにも心の準備、できてないですよ！　四の一の子どもたちにさよならも言わなかったじゃないですか！」

「そういうことは私に言ってもしかたないんですよ。上から言われて、中村先生に伝えているだけですからね」

嘱託だって私は組合の一員だ。組合の分会長に言って校長先生に取り消しを申し込みに行った。しかし、区の指導室が決めて伝えて来たことだからと、校長先生は取り合わない。組合も弱くなったものだ。

「今は、校長の意向で、指導室に具申して教員を動かすことができるようになっちゃったんだよねえ」

分会長が言った。残念だった。

私は家庭科室に行って、自分の私物の教材をまとめて段ボール箱に詰めた。四年一組に置いてある私物も少しまとめた。あと一年は、この学校に勤めているつもりだったのになあ。四年一組のみんなが五年になったら、なにかと助言もできたのに！　と残念でならなかった。

ハムスターはみんなが春休み中、代わりばんこに見てやると言って連れて行ったままだ。心の中を冷たい風が吹いている。「五年生になったら、家庭科をがんばる」と言ってくれた四年一組の子どもたちとは、もう一緒に勉強できないのだ。全身の力が抜けて、茫然としていた。生木《なまき》を裂くような不条理だなあ。じっとしている私の頭の上を、時間が通り過ぎて行く……今までもたくさんの不条理に出合ってきた。でも、そのつど、時間が私を押し流して行った。

ついに、翌日、卒業式の日になった。

卒業式はまるで他人事のように終わった。その後、私は三階にある家庭科室から荷物を

運び出した。運んでいる途中で、通りかかった五年生が、

「先生、何やってんの？」

「なんで荷物下ろしてるの？」

「どこかに行くの？」

と聞くので、

「うん……ちょっとね」

と思わず言葉をにごしてしまった。でも、五年生の子どもたちはやさしい。段ボール箱を全部一階の職員室まで運んでくれた。

「ありがとね、おかげで助かったわ」

子どもたちは手を振って、帰って行く。私の胸に熱いものが込み上げてきた。そうだ、私にはまだやることがあった。

急いで四年一組に行くと、印刷用原稿用紙の文の間違っている字を直す仕事をした。

「今日、何枚やれるかなあ？」

四月一日から違う学校に行くとしたら、このH小には三月三十一日までしかいられない。今日をいれて七日しかない……みんなの文を読み終わったら、目次を作りたいね。私の文

も書かなければ……。

文集の表紙はみんなに絵を描いてもらった。ハムスターの絵が多かった。

家へ持って帰ったら、娘がほめてくれた。

「このハムスター、かわいいねえ！　四年生は上手だねえ」

そう言えば、誰かが言っていた。

「僕のお姉ちゃんの文集を見るとね、『将来の夢』なんて書いてるんだよね。そいでお姉ちゃんは『あたし四年生の頃、看護師さんになりたいなんて思っていたんだね』なんて、なつかしがるんだよ。そいでね、僕も書いておきたいんだよ」

すると、花山君がすぐ賛成した。

「先生、僕にまかせてね」

そう言って花山君は、みんなの趣味と夢を一枚の原稿用紙にまとめてきてくれた。

「ああ、よくできてますね。すごい！」

「ほんとだ、きれいにできてるねえ」

みんながほめてくれた。

「いやあ、実は……僕は字が得意じゃないから、中川さんに書くのを頼んじゃったんだ」

さすがに花山君はちょっと照れていた。

「先生、先生も書けるようにここに名前書いといたから、趣味と夢を入れてね」

「おい！　花山、先生はもう夢はかなっちゃったかもね」

「そうだよ。そうだよね！　先生！」

「そうかもね」

「好きな人と結婚できたとかね！」

「はい！　そうしときましょう！」

「当たったあ！　いいぞ！　いいぞ！」

「アハハハハ」

「ウハハハハ」

みんなで笑ったっけ……。

作文を全部合わせると、印刷用原稿用紙四十五枚になった。印刷に二日はかかる。折ってページを合わせて揃えるのは、機械でやればすぐできるからいいが。

ホチキスでとめて、その上に黒い布を貼るのも二日はかかるなあ……ぎりぎり三十一日までかかるな。

それから毎日、私は学校に来て、一人で弁当を食べて夕方までがんばった。それも私が、帰りの遅いとき、夫や娘が夕食を作ってくれるおかげだった。

正直疲れたが、文集が出来上がったときはうれしかった。

さっそく四年一組の子どもに連絡をした。こういうときはやっぱり花山君に限る。

「手伝いに来てくれませんか」

と誘っておいたら、

「中川さんも来てくれるって」

「よかったねえ」

出来上がった文集を取りに来てもらったり、届けたりして、ようやく四年一組の子どもたちから、手が離れたのであった。

文集を手にとってじっくりと見た。とてもよくできていた。「製本屋さんで作ったよ」と言ってもいいくらいだ。我ながら感心して読んでいくうちに、みんなの心がしみじみ伝わってきた。いつの間にか涙があふれてきた私だった。

○ＰＴＡの送別会

四月一日に、次の学校に行く辞令書が出るので、取りに来るようにという連絡があった。学校に行くと、ＰＴＡのみなさんが図書室に集まって、送別の会をやってくれた。他に校長先生と教諭二名、主事さん一名がいた。

昼食が出され、ご挨拶がすんで、話も終わった。

帰るとき、多くのＰＴＡの役員の人が校長先生ではなくて、私の所へ寄って来たのには驚いた。

「中村先生、お世話になりました。鈴木健太郎の母です。先生のおかげで四年の勉強がちゃんと終わることができました。」

「先生、うちのもお世話になりました」

と言った男性は、ＰＴＡの会長さんだった。実は会長さんの息子も四年一組だった。会長さんはコンビニエンスストアーの店長で忙しかったので、るすばん先生のところには一度も顔を見せてはいなかった。それに四年一組のこの息子は次男坊だから、会長さんにとって長男より重きを置かなかったと思われた。この地域にはまだ、長男重視の風潮があるなあと思う。

「あ、どういたしまして、息子さんは礼儀正しくて、ちょっとおとなしい子でしたね。実力はあるので、班長などどんどん引き受けてやっていくと、伸びると思いますよね」

「ああ、そうですか。どうしたらいいですかね」

「そりゃあ、簡単ですよ。お父さんを見習って、責任のある仕事をしなさいって言えばいいんですよ」

「ああ、そういうもんですか」

会長さんは頭をかいていた。

「息子さんは、『うちのお父さんは店長やってるんだよ。偉いんだよ』って尊敬してますよ」

「ええっ、そうなんですか」

「そういうもんなんです。お子さんはみんな親の背中を見て育っているんですよ」

会長さんは、かなり感激したようだった。この家は、長男のほうを大事にしているようではあるが、家族が協力し合って仲良く暮らしているようなので、私は安心していた。

佳代ちゃんのお母さんも来てくれた。

「先生！　作文集ありがとうございました」

「ほんと、いいのができてよかったですね」

「そうなんです。わざわざ、家まで届けてくれて、もう家のおじいちゃんが感心しちゃったのよ。熱心にやってくれて昔の先生みたいって言ってました」

四年一組のクラスでない人も一緒にあれこれ立ち話をしてから、少しずつ帰っていった。

第八章　忘れられないこと

○H小の子どもたちから手紙が来た

Ａ小学校に異動してから、二週間がたった。由美子ちゃんから、「百点とったよ」という手紙が来た。勉強では目立たなかった佳代ちゃんからも、「いい点とったからまたがんばる」って、なつかしい手紙が来た。

ところが残念なのもある。

「中子先生は横川君を覚えているよね。テストはよくできなかったけれど、掃除が上手だった横川君は、五年生になってから学校を休むようになったんだ。今日も来なかったなあと思っているうちに、いつの間にか、すっかり来なくなっちゃいました。横川君はかわいそうな気がします」

やっぱり勉強はだんだんむずかしくなるし普通学級では無理だったのか？　でも、横川君は真面目だし、仕事は熱心だし、ちゃんと横川君に合う仕事が見つかれば、がんばっていける！　と私は信じていた。

　さて、私は、横川君やH小四年一組だった子どもたちに未練を残しながらも、とうとう、新しい学校の五年生の家庭科を受け持ち「花山君やみんなは都道府県の名前を勉強してるかなあ」と、気になる日を過ごしていた。

　そんなとき、弘道君のお母さんからハガキが来た。

「弘道は作文集をとても大切にしていて、毎日自分のを読んでくれます。お友達のも読んでくれます。寝るときは、きちんと枕元に置いてます。私が『作文が上手にできたね』とほめてやると、とてもうれしそうで、先生、なんと今では自分から毎日机に向かっているんです。県の名前も県庁所在地の名前も、漢字で書けるようになりました。お父さんでも分からない新潟県の漢字が書けて、お父さんにほめられて、ますます喜んで勉強していま す。これから弘道は力が伸びていくような気がします。先生ありがとうございました」

　と書かれていた。

　よかった。勉強だけじゃないんだ。なんでも自分から進んでやるのはいいことだ。私は、胸がいっぱいになってしまった。

○離任式

新しい学校に少し慣れたかなと思った四月の終わりにH小学校から、離任式のお知らせが来た。四年一組の子どもたちはどうしているかなあ。りっぱに五年生に進級しているだろうなあ。久しぶりにみんなに会える期待で胸がいっぱいだった。

その日、十時頃にH小学校に着くと、今年の三月、H小を去った先生や主事さんが集まっていた。

「やあ、お元気ですか?」

校長先生も新しい先生になっていた。

「ええ、新しい学校にも慣れてきまして、つつがなくやっています」

私は軽く挨拶をして、早く子どもたちに会いたいと思っていた。三時間目の授業の時間が離任式だった。案内されて体育館に行くと、いたいた。全校生徒の並んでいる列に、五年生になった子どもたちが一番外側に並んでいる。六年生が向こう側の一番外側で、五年生がこちら側の一番外側なのだ。「やっぱり大きくなって、頼もしい高学年なんだな」

私はみんなの顔を眺めていた。目頭が熱くなった。みんなは五年の一組と二組に分かれて並んでいた。「二組の一番前に弘道君が並んでいるな」と、私が確認したときに、式が始まった。私たちは壇上に上がって、順番に椅子《いす》に腰かけていた。

初めに、前の校長先生が立ち上がって中央に進み出た。すると、六年生の一人が作文を読んだ後、自分たちの書いた作文集を手渡した。校長先生が挨拶をして終わった。次に二人の先生も作文集をもらった。そして、とうとう私の番になった。すると弘道君の名前が呼ばれたのだ。

「そうか弘道君が作文を読んでくれるんだ」

私は感激して中央に進み出た。壇上に上がって来た弘道君は、緊張しているようだった。

「僕は、春休みに中村先生がほかの学校に行ってしまうという噂を聞いて、さびしくなりました。うそだといいのにと思っていたのに、四月になって始業式に来てみたら、先生はいませんでした。僕は、悲しくなりました。家へ帰ってお母さんに言いました。僕は五年になって中村先生に家庭科を教えてもらって、うんと勉強がんばろうと思っていたのに、どうしよう……と、そしたらお母さんが、中村先生は四年一組の作文集を作っていってくれたじゃないの、ここに先生はいるよと言いました。

僕は先生のおかげで、作文がとっても好きになりました。みんなにも作文うまくなったねと言われました。先生、僕は春休みから日記を書いています。いっぱい書いています。先生に毎日見せたかったのに……うっうう……」

弘道君の目に、涙がいっぱい浮かんできた。

「うう……できません。ううう……でも、僕、僕は作文も勉強もがんばります。うわあーん！」

弘道君はついに、大きい声で泣き出してしまった。私が「弘道君！」と言いながら一歩踏み出したら、係の先生が走って来て弘道君の手をとって私に作文集を渡すのを手伝ってくれた。私は弘道君の頭をいっぱいなでてやった。

「ありがとうね。ありがとうね」

弘道君は、なおも泣きながら壇を下りていった。すると、一年生や二年生の子たちが何人ももらい泣きをして、おいおい泣いてしまった。私も思わずハンカチで目をぬぐった。私も涙声で挨拶をした。ほかにも作文集をもらった先生方がいたが、子どもたちは泣かなかった。

式が終わり花道を通った。私は五年生のみんなに「ありがとう」と言いながら握手をした。みんな口々に「先生元気でね」と言ってくれた。

「あ、石田君！　鬼沢君！　中川さん！　ありがとうね！」

あっという間に列の前を通り過ぎてお別れがすんだ。

職員室へ帰って来たら、

「離任式で子どもを泣かすなんて初めてだった。中村先生が行ってしまうのはもったいないねえ」

と言われて、私は照れてしまった。すると、弘道君が現れて呼んでいる。

「先生、中村先生、来て！」

引っ張られて五年二組の教室へ行った。

「先生！　入って！」

「ようこそ！」

と、みんなで迎えてくれた。びっくりした。

「早く！　見て！　見て！」

弘道君が黒板のほうへ私を引っ張って行く。

黒板いっぱいに『中村先生ありがとう』と大きく書いてあった。そのほかに、『中子先生大好き』とか『お世話になりました』『長生きして！』とか、子どもたちのサインも書いてあった。

「まあ、こんなに書いてくれて……ありがとう！」

私は、興奮して手当たり次第に子どもたちの手を握った。今の担任は若い山中正雄先生だった。山中先生が言った。

「中村先生、子どもたちがどうしても、こうやって書いて先生を見送りたいって言うもんですから。みんなの感謝の気持ちです。みんないい子なんですよ。黙っていても、いつの間にかクラスは『一人はみんなのために、みんなは一人のために』って、自然に動いているんですよ。僕は本当にいいクラスだなって思うんですよ」

「ねえ。中子先生！　私たちみんな山中先生大好きなのよ！」

「山中先生は、私たちのハムスターをとってもかわいがってくれるんだよ」

「山中先生は自分の家でもハムスター飼ってるんだよ」

「それでね、今ね、ハムスターに宙返りを教えているんだよ」

「そうなんですか、山中先生。動物を飼うのはたいへんなのにハムスターを引き継いでくださってありがとうございます」

私は山中先生に頭を下げた。

「いやあ、ちょっとね」

山中先生は、頭をかいた。

「あんまりハムスターがかわいいもんで、カーテンのぼりとか宙返りを教えて、調教するのが趣味になっちゃったんですよ」

みんなが拍手をした。

「中村先生。僕たちが山中先生を大好きだからって、やきもち焼いちゃだめだよ！」

花山君が、笑いながら言っている。

「まあ、みんなが山中先生と仲良しでよかった。春山君は先生を助けてあげられるもんね」

「ああっ、まだ中村先生は僕のこと春山って言ってる！　先生！　ぼけないでね！」

「ああ、本当だ。ごめんなさいね。わざとじゃないのよ！」

「分かってるよ。語呂がいいんだよねえ！　ハハハ」

「そうなのよ」

「ハハハ」

「ワハハハ」

大きな朗らかな笑い声が響いていた。

「おい！　みんな並んで！　中村先生を囲んで写真撮るぞ！」

「ハーイ！」

山中先生がカメラのシャッターを押した。今日は、私にとって生涯最高の日に違いなかった。

「山中先生も入ってよ。僕が一枚撮りたいんだよ」

花山君がカメラを持った。山中先生が笑っている。

「一枚だけだぞ！」

「オーケー」

花山君はうれしそうだった。弘道君も笑っている。周りを見るとみんなも笑っているのだ。元二組から来た子だっているのに……いいクラスだな。いい巡り合いでよかった。

四時間目の授業時間中だったので、私はこれで失礼することにした。

「みなさん、今日はこんなに歓迎してくれてほんとうにありがとう。弘道君！　作文とってもよかったよ。私も泣いちゃいました。一年生も二年生も泣いてたね」

「あのね、先生、五年生だって泣いちゃったんだよ」

「だって、弘道君が大泣きしちゃったんだもの」

何人かの子が言って、みんながハハハと笑った。私は深くうなずいた。

「中村先生、弘道はね、まだ作文の続きが書いてあったんだよ。『先生、元気で長生きしてください』って書いてあったのに読まないで泣いちゃったんだよ」

「そうだよ、弘道！　読まなくっちゃだめだよ」

弘道君は恥ずかしそうに笑った。

「うん、今言うよ。中村先生、元気で長生きしてください。僕、勉強がんばります」

「ああ、弘道君ありがとう！」

私は思わず弘道君の頭をなでてやった。

「みなさん！　私も新しい学校でがんばります。山中先生の話を聞いて、みなさんがとってもいいクラスなので安心しました」

「先生、僕、都道府県の名前も県庁所在地の名前も、全部漢字で書けるよ！」

弘道君が大きな声で言った。

「僕もだよ！」

「私もよ！　中子先生、覚えといて！」

こういう言い合いがよいのだ。聞いているほかの子が、「よし！　僕も書けるようになろう！」「私も！」と思って密かに努力するのがよいのだ。弘道君を見て、自分も作文をがんばろうと思った子が、何人もいるに違いない。

私は五年生に見送られ、幸せな気分で帰路についた。

帰ってから、山中先生にいただいた『五の二　学級新聞』を読ませてもらった。

山中先生は独身。趣味はハムスターの調教だそうだ。帰宅すると、ハムスターのハムちゃんと楽しく遊ぶそうだ。ちなみに、山中先生は神経性胃炎の持ち主なので、つらい日があると、どうしても胃がシクシク痛んで仕方ないのだが、家へ帰ってハムちゃんを見たとたんに、胃の痛みをすっかり忘れてしまうので、とてもハムちゃんに感謝していると書いてあった。

私は、ハムスターがこんなふうに役に立っていてよかったと思った。

「山中先生がハムスターをかわいがってくれてて、ほんとうによかった」

私は、思わず顔がほころんでしまった。

夫にも学級新聞を見せて二人で笑った。

終章　うれしい再会

Ｈ小は、私がほかの学校に異動してからも、五年間は、いろいろな行事に招待してくれた。毎年、運動会には行っていたが、いよいよ今年で最後になった。私は招待者の席には行かず、徒競走のゴールラインのあたりに立って「誰が一位で入ってくるかなあ」などと思いながら見ていた。

「ああ、中子先生！」

振り返ると、白いワイシャツを着た大きな中学生が立っている。

「あらあ！　花山君？　花山君ね！　こんなに大きくなっちゃって、まあ！」

「うん、ウフフ、中子先生は元気？　フフ、小っちゃくなっちゃったね」

「コラ、あなたたちが大きくなるんだから仕方ないでしょ。でも元気よ」

花山君と一緒に来ているらしい白ワイシャツ姿が、何人か向こうの方で固まって、こっちを見ていた。

「花山君はもう中学三年になったのよね」

「うん、そうだよ」

「大きくなったねえ、町で会ったら、花山君だって分からないかもね。学校楽しい？」

「うん。友達が面白いから、すっごくいいんだ」

「そう、よかったねえ」

そのとき、向こうから花山君の友達が一人やって来た。

「あのう、中村中子先生でしょう？」

「ええ、そうですが、フフフ……」

「花山が時々噂するんですよ。中子先生は面白い先生だったって。それにね、花山は、四年のとき一緒のクラスだった中川さんと、今も付き合ってるんですよ！」

「ええっ、そうなの！」

「はい！　そうなんです先生。おかげさまでうまくいってます！」

「まあ！　よかったわね」

花山君の顔が笑っている。

「おい、花！　そろそろ行くよ！」

友達が言う。

「うん、分かった。あのねえ先生。僕ね……学校の先生になるんだ。今、一生懸命勉強してるんだよ」

「おおっ、そうなの！　学校の先生にねえ……がんばってね！」

「うん」

私は、じっと花山君の顔を見つめた。

「おおい！　花！　行こうぜ！」

と、向こうから友達が呼んでいる。

「おー、今行くよ！」

花山君は友達のほうに返事をした。花山君の顔が、大きく笑っている。

「元気でね！　先生。今度会いに行くよ！」

「うん、いいよ。春山君！」

花山君は、笑いながら両手を振って、友達と向こうへ走って行った。

空は、さわやかな秋晴れ、運動会の音楽が明るく響いている。私の胸は幸せな気持ちで、どんどんふくらんでいくのであった。

あとがき

文芸社の山田さんに創作をすすめられ書き始めてから、もう四年もたってしまいました。なかなか完成しなくて、引き継いでくださった今井さんに背中を押され、編集の有馬さんに助けていただき、ようやく書き上げました。心から感謝しています。

主人公の花山君は、実在の子どもで、話のあらすじは、彼との間に起きたことです。その他の登場人物や、話の展開、細かいところの多くは私の創作です。その結果、これは、四年一組学級通信物語のようになりました。

実は、本書に登場する中川さんは実在していません。私の創作ですが、クラス中の男子が憧れる女子という存在になっています。しっかりしている上に、ほんわかとした温かさのある女子です。

弘道君の場合は、以前、別の学校で受け持った子どものエピソードを組み込みました。今でも、あのくりくりとしたいがぐり頭をなつかしく思い出します。

ハムスターは、良かったですね。忙しい子どもたちの生活を、本当に潤してくれました。

山中先生も巻き込んで良い環境を作ってくれました。

修了式の日に、私は「みんなが困るからしっかり勉強をさせたいと言っていたけど、私がみんなの四年生修了をやり遂げたかったのね」と話しています。実は、みんなのためというより、自分のためだったようにも思えます。

離任式の日に、学校からの記念品としてピンクのバラの苗木をいただきました。そのバラが今年もみごとに花をたくさん咲かせました。また、山中先生が送ってくださった写真は、大きく引き伸ばして私の部屋に飾ってあります。離任式でいただいた作文と四の一思い出文集は、大切に本棚に並べてあります。

私は、それらを眺め、ちょっとほろ苦いような思い出を味わっています。花山君は、きっと素適な先生になるだろうなあと想像しつつ、みんなの幸せを心から祈っています。

二〇一三年五月吉日

中村つや子

著者プロフィール

中村 つや子（なかむら つやこ）

本名：中村艶子（なかむらつやこ）
1935年、埼玉県生まれ
1958年、東京学芸大学卒業
　　　　東京都葛飾区立小学校に教諭として43年間勤務
1996年、定年退職、嘱託教諭として5年勤務
1986年～ 2007年、児童文学同人誌「あすなろ」主宰

著書『どうして戦争って起きるの？』（絵本）
共著『パチッ、モンモン先生の五はつ』（ほるぷ出版）
〃 『子どもにおくる本』シリーズ1回～ 12回（らくだ出版）
2007年『子どもにおくる本』5回「沖縄は戦場だった」現地取材・責任編集（らくだ出版）
2010年『旅は道づれ』中村三郎と共著（近代文藝社）

るすばん先生はたいへんです 都道府県名おぼえ歌

2013年 9 月15日　初版第 1 刷発行

著　者　中村 つや子
発行者　瓜谷 綱延
発行所　株式会社文芸社
　　　　〒160-0022 東京都新宿区新宿1－10－1
　　　　　　　　電話 03-5369-3060（編集）
　　　　　　　　　　 03-5369-2299（販売）

印刷所　神谷印刷株式会社

ISBN978-4-286-14031-5